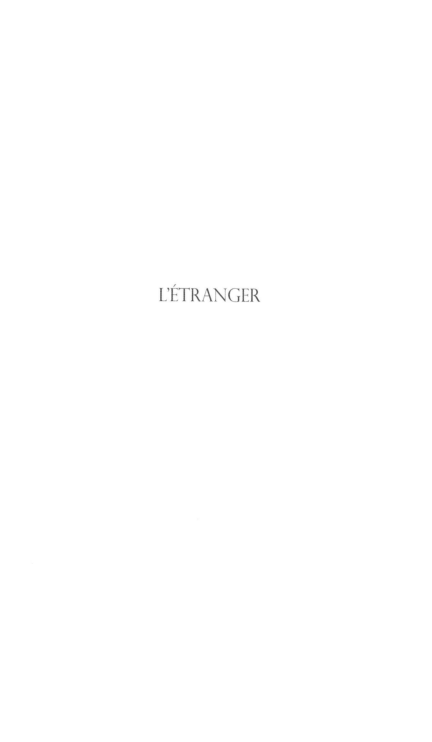

L'ÉTRANGER

이방인

초판 1쇄 발행 | 2022년 2월 10일
초판 5쇄 발행 | 2024년 9월 30일

지은이 알베르 카뮈
옮긴이 이정서
발행인 한명선

주소 서울시 종로구 평창길 329(우편번호 03003)
문의전화 02-394-1037(편집) 02-394-1047(마케팅)
팩스 02-394-1029
전자우편 saeum2go@hanmail.net
블로그 blog.naver.com/saeumpub
페이스북 facebook.com/saeumbooks
인스타그램 instagram.com/saeumbooks

발행처 (주)새움출판사
출판등록 1998년 8월 28일(제10-1633호)

ⓒ 이정서, 2022
ISBN 979-11-90473-76-7
ISBN 979-11-90473-75-0 04800(세트)

L'ÉTRANGER

이방인

알베르 카뮈
이정서 옮김

작가 서문[*]

나는 아주 오래전, 『이방인L'Étranger』을 대단히 역설적이라고 생각하는 문장 하나로 요약한 바 있다. '우리 사회에서, 자기 어머니의 장례식에서 울지 않은 사람은 누구나 사형선고를 받을 위험이 있다.' 나는 단지 이 책의 주인공이 그 방식에 따르지 않았기에 죽음을 선고 받았다고 말하고 싶었다. 그런 의미에서, 그는 그가 사는 사회에서 외곽인 개인적 삶의 변두리를, 혼자서 관능적으로 배회하는 이방인이었다. 그리고 그것이 일부 독자들이 그를 한 사람의 파멸자로 간주하고 싶도록 만들었던 이유이다. 어째서 뫼르소가 그 방식에 따르지 않았는지에 대해 자문해본다면, 어떤 경우에도 작가의 의도에 더 부합하는, 인물에 대한 좀더 정확한 생각을 갖게 될 것이다. 답은 단순하다. 그는 거짓말을 거부한다. 거짓말, 그것은 단지 없는 말을 하는 것만이 아니다. 그것은 또한 무엇보다, 다른 무엇보다 더 말해지는 것이고, 인간의 마음에 관련된, 느끼는 것보다 더 말해지는

---

[*] 알베르 카뮈, 「Préface à l'édition américaine」(1955). 이정서 역. 카뮈가 불어로 써서 보내준 미국 번역판 서문이다. 서문도 결국 영어로 번역된 셈이다.

5

것이다. 그것은 우리 모두가 단순한 삶을 살기 위해 매일 하는 것이다. 뫼르소는, 보여지는 것과는 반대로, 단순한 삶을 원하지 않는다. 그는 실재하는 것을 말하고, 자신의 느낌을 숨기기를 거부함으로써 즉각적으로 사회는 위협을 느끼는 것이다. 사람들은 예를 들어, 그의 죄를 인정된 방식에 따라 뉘우치길 요구한다. 그는 이 점에 대해 실제적인 후회보다 곤란을 더 겪는 것으로 답한다. 그리고 그 차이는 그에게 사형선고를 내린다.

따라서 뫼르소는 내게 파멸한 사람이 아니라, 가엾고 벌거벗은, 그림자를 남기지 않는 태양의 연인 같은 사람이다. 모든 감정이 결핍되어 있다는 것과는 거리가 멀고, 깊고 끈질긴, 절대적인 것과 진실에 대한 열정으로 움직인 사람이다. 그것은 여전히 부정적인 진실로, 존재하는 것과 느끼는 것에 대한 진실이지만, 그것 없이는 어떤 자기 정복도 가능하지 않을 것이다.

따라서 『이방인』을 어떤 영웅적 태도도 없이, 진실을 위해 죽음을 받아들이는, 한 남자의 이야기로서 읽는 것은 크게 잘못된 일이 아닐 것이다. 나는 또한 언제나 역설적으로, 우리가

믿을 가치가 있는 유일한 그리스도를 캐릭터로 끌어들이려 애
썼다고 말한 바 있다. 내 설명을 듣고 나면 어떤 신성모독의 의
도 없이, 단지 예술가 자신이 창조해 낸 인물에 대해 느끼는
권리로서 다소 아이러니한 애정으로 한 말이라는 것을 이해하
게 될 것이다.

　_「Préface à l'édition américaine」, 1955년, 알베르 카뮈, 이정서 역

역자의 말

───────

역시 카뮈다.

오랜만에 다시 봐도 가히 압도적이다. 볼 때마다 새롭게 보이는 것도 신기하지만, 100년이 지난 지금도 여전히 내 자신의 이야기인 양 생생하기만 하다.

2014년 기존 번역의 오역을 지적하고 어느새 8년이 흘렀다. 그 사이 참 많은 일들이 있었다. 오역에 대한 내 지적을 두고 당시 출판사 대표였던 내가 '자기 책을 팔아먹기 위해 노이즈 마케팅을 펼친 것'이라느니, 우리 시대 번역의 대가인 '어른'을 욕보인 부도덕한 행위라느니, 누군가는 프랑스 현지의 카뮈 전문가에게 문의했더니 엉터리라 했다고(우리말 번역의 잘잘못을 프랑스인에게 묻는다고?) 페북 화면을 캡쳐해 올리기도 했다. 물론 처음한 내 번역에 부족함도 많았을 테다. 그러나 번역에 대한 그때까지의 우리 인식(번역은 의역이 아니면 안 된다는 인식 말이다)이 딱 거기까지였던 것 같다.

그리고 8년이 지난 2022년 오늘, 난무했던 인신공격성 글들은 지금도 여전히 SNS 속을 유령처럼 떠돌고 있고, 카뮈 박사라 일컬어지던 역자는 조용히 개정판을 냈고(언론 기사로 알았다), 그 사이 무엇이 어떻게 달라졌는지를 알 길은 없다. 다만 여전히 최고의 번역처럼 떠받드는 '그분'의 책에 달리는 독자 리뷰들을 보면 이 책에 대한 오해는 여전한 듯하다(그 오해는 뒤에 '해설'로 정리해 두었다).

물론 나 역시 다시 볼 때마다 그전에 몰랐던 부분, 틀렸던 부분, 서툴렀던 부분이 매번 새롭게 보이곤 하니(이 책은 유독 더), 바른 번역, 완벽한 번역을 한다는 것이 결코 의지만으로 되는 것이 아니라는 사실 또한 깊이 절감하고 있기도 하다.

출판사에서 앞선 책(보급판) 재쇄를 찍어야 한다고 봐달라고 했을 때, 불현듯 깨달은 오류가 있어 보류시켰던 게 지난해 초다. 매일매일의 재촉을 다른 일을 핑계 삼아 미루고 미루다 보니 또 한 해를 넘겼고, 이번이 정말 마지막이라는 심정으로 달려든 끝에, 마침내 이제야 다시 펴내게 되었다.

카뮈 『이방인』을 읽는 데 있어 반드시 기억해 둘 말이 있다.

"우리 사회에서는, 자기 어머니의 장례식에서 울지 않은 사람은 누구나 사형선고를 받을 위험이 있다."

"그는 거짓말을 거부한다…… 그래서 어떤 영웅적 태도도 취하지 않고, 진실을 위해 죽음을 받아들이는, 한 남자의 이야기로서 『이방인』을 읽으면 크게 실수하지 않을 것이다."

이것은 내가 하는 말이 아니라 카뮈가 한 말이다.

앞서 『이방인』을 읽었다 해도 이 말이 가슴에 저절로 와 닿지 않았다면 그건 카뮈 『이방인』을 읽지 않은 것과 다를 바 없는 것이다.

이정서

차
례

이방인

15

일러두기

1. 알베르 카뮈Albert Camus의 『이방인L'étranger』은 프랑스 갈리마르 출판사에서 처음 출간되었다.
2. 이 책은 갈리마르 출판사의 폴리오판(2012)을 원본으로 삼았다.

1
부

I

오늘, 엄마가 돌아가셨다. 아니 어제였는지도 모르겠다. 나는 양로원으로부터 전보 한 통을 받았다. '어머니 사망. 내일 장례식. 삼가 애도를 표합니다.' 그건 아무 의미가 없었다. 아마 어제였을 것이다.

양로원은 알제에서 80킬로미터 떨어진 마랭고에 있었다. 나는 2시 버스를 탈 것이고 오후에는 도착할 것이다. 그리하여, 나는 장례를 지켜볼 수 있을 테고 내일 밤이면 돌아올 수 있을 것이다. 나는 사장에게 이틀의 휴가를 요청했고 그는 그 같은 사유를 무시할 수 없었다. 그렇지만 그는 표정이 좋아 보이지 않았다. 나는 심지어 말했다. "제 잘못이 아닙니다." 그는 대꾸하지 않았다. 나는 그때 그에게 그런 말까지 할 필요는 없었다는 생각이 들었다. 요컨대, 내가 사과해야 할 일은 아니었다. 오히려 그가 내게 조의를 표해야 할 일이었다. 그렇지만 의심의 여지없이 그는 모레, 상중인 나를 보면 그렇게 할 것이다. 지금으로서는, 얼마간 엄마가 죽지 않은 것과 같았다. 그럼에도 불구하고 장례 후면, 이 일은 정리가 될 테고, 모든 게 좀더 공식적인 모습을 갖추게 될 것이다.

나는 2시에 버스를 탔다. 매우 더운 날씨였다. 나는 평소처럼 셀레스트네 식당에서 밥을 먹었다. 그들은 모두 깊은 유감을 표했고, 셀레스트는 말했다. "우리에게 어머니는 한 분뿐이지." 내가 떠날 때, 그들은 나를 문까지 배웅했다. 나는 조금 정신이 없었는데, 에마뉘엘의 집까지 가서 검은 타이와 예식 완장을 빌려야 했기 때문이다. 그는 몇 달 전에 삼촌을 잃었다.

나는 출발 시간을 놓치지 않기 위해 달렸다. 이런 서두름, 뜀박질, 거기에 더해 덜컹거림과 기름 냄새, 길과 하늘의 반사열, 이 모든 것들로 인해 나는 졸았다. 나는 가는 내내 거의 잠을 잤다. 그리고 깨어났을 때, 내게 웃음을 지어 보이는 한 군인에게 기대어 있었는데, 내게 멀리서 오는 모양이라고 물었다. 나는 더 이상 얘기할 필요가 없도록 "예." 하고 대답했다.

양로원은 마을로부터 2킬로미터 떨어져 있었다. 나는 걸어서 갔다. 나는 곧바로 엄마를 보길 원했다. 하지만 관리인은 내게 원장을 먼저 만나 봐야 한다고 말했다. 그는 바빴기에, 나는 한동안 기다렸다. 그동안 내내 관리인은 말을 해댔고, 그러고 나서 나는 원장을 만났다. 그는 자신의 사무실에서 나를 맞았다. 그는 레지옹 도뇌르 훈장을 단 작은 체구의 노인이었다. 그는 맑은 눈으로 나를 쳐다보았다. 그러고는 악수를 했는데, 어찌나 오래 붙들고 있는지 어떻게 빼내야 할지 난감할 지경이었다. 그는 서류를 살펴보고는 말했다. "뫼르소 부인은 3년 전 이곳에 들어왔군요. 당신이 유일한 부양자였고." 그가 뭔가 나를 비난하는 것 같아 나는 그에게 막 설명을 시작한 참이었다. 하지만 그는 내 말을 가로챘다. "자신을 정당화하실 필요는 없습니다, 친애하는 자제님. 나는 당신 어머니 자료를 읽었습니다. 당신은 그분을 부양할 수 없었을 겁니다. 그분은 간호인이 필요했었죠. 당신의 월급은 적었고, 그런 걸 모두 고려해 보면, 그분은 여기가 훨씬 행복하셨을 겁니다." 나는 "그랬습니다, 원장님." 하고 말했다. 그는 덧붙여 말했다. "아시다시피, 그분은 같은 연배의 친구분들이 계셨지요. 그분들과 지나간 시간들에 대한 관심사를 나누셨을 겁니다. 당신은 젊어서 함께 있을 때 지루하셨을 게 틀림없지만."

그것은 사실이었다. 집에 있을 때, 엄마는 언제나 침묵 속에서 눈으로만 나를 쫓으며 시간을 보냈다. 엄마는 양로원으로 온 처음에는 자주 울었다. 그러나 그건 습관 때문이었다. 만약 몇 달 후에 그곳에서 나오게 했다면, 그때도 아마 엄마는 울었을 것이다. 언제나 그렇듯 습관 때문에. 그 마지막 해에 내가 그곳에 거의 가지 않은 데는 어느 정도 그런 이유가 있었다. 물론 내 일요일 전부를 들여야 했기 때문이기도 하지만— 버스 정류장에 나가 표를 사고 두 시간 동안 차를 타고 가야 하는 수고는 고려하지 않더라도 말이다.

원장은 다시 내게 말했다. 하지만 나는 더 이상 거의 듣고 있지 않았다. 그러고 나서 그는 "어머니를 보러 가고 싶으실 테지요." 하고 말했다. 나는 아무 말도 하지 않고 일어섰고, 그는 문을 향해 앞장서 갔다. 층계로 들어서자, 그가 설명했다. "그분을 작은 영안실로 옮겨 두었어요. 다른 사람들의 동요를 막기 위해서지요. 재원자 중 한 사람이 죽으면 이삼 일 동안은 다들 신경이 날카로워집니다. 그리고 그것은 장례식을 어렵게 만들지요." 우리는 안뜰을 가로질러 갔는데, 거기에는 작은 그룹을 이루어 잡담을 나누고 있는 많은 노인들이 있었다. 그들은 우리가 지날 때 말을 멈추었다. 그리고 우리 뒤쪽에서 대화를 이어갔다. 그것은 소리를 죽여 재잘대는 작은 앵무새처럼 보였다. 작은 건물의 문 앞에서 원장은 나를 떠났다. "나는 이제 가봐야겠소, 뫼르소 씨. 사무실에서 당신 일을 처리하고 있겠소. 원칙적으로 장례식은 아침 10시에 이루어집니다. 그래야 우리는 당신이 밤새 고인을 지킬 수도 있으리라 생각했던 거지요. 마지막으로, 어머니께서는 원우들에게 장례는 종교장으로 해주었으면 한다는 바람을 종종 밝히신 모양입니다. 필요한 준비는 모두 해두었지만 알려 드려야 할 것 같아서." 나는 원장에게 고맙다고 인사했다. 엄마는,

무신론자라고까지 할 수는 없었지만, 평생 동안 종교에 대해 결코 생각해 본 적이 없었다.

나는 안으로 들어갔다. 그것은 매우 밝은 방으로, 하얗게 석회가 발리고 채광창으로 덮여 있었다. 그곳에는 엑스자형 의자들과 이젤들이 갖추어져 있었다. 구석의 그것들 가운데 두 개의 받침대가 뚜껑이 덮인 관을 떠받치고 있었다. 호두 기름이 칠해진 관 뚜껑에서는 완전히 박히지 않은 채 반짝이고 있는 못들이 눈에 들어왔다. 관 가까이에, 흰색 가운에 원색 스카프로 머리를 싸맨 아랍인 간호사 한 명이 있었다.

그 순간, 관리인이 내 뒤를 따라 들어왔다. 그는 뛰어왔음이 분명했다. 그는 조금 더듬거리며 말했다. "덮어두었지만, 보실 수 있게 관을 열어드리겠습니다." 그가 관을 향해 가는 중에 나는 멈추도록 했다. 그가 내게 말했다. "원치 않으세요?" 나는 "예."라고 대답했다. 그는 멈추었고, 나는 그렇게까지 말할 필요가 있었을까 싶어져서 난감했다. 잠시 후, 그는 잠시 나를 보고는 "왜요?"라고 물었지만 비난하려는 것은 아니었고, 그저 내게 묻고자 했던 것 같다. 나는 "저도 모르겠네요." 하고 말했다. 그러자, 그는 자신의 흰 콧수염을 비비 꼬면서, 나를 쳐다보지도 않고 "이해합니다." 하고 말했다. 그는 연한 청색의 선한 눈빛과 조금 붉은 안색을 하고 있었다. 그는 내게 의자를 권하고는 자기도 약간 뒤로 물러나 앉았다. 간호인이 일어나서 출구를 향해 갔다. 그 순간 관리인이 내게 말했다 "저 여자는 성병을 가진 겁니다." 나는 이해하지 못한 것처럼, 간호사를 쳐다보았고, 그녀의 머리에 가는 끈이 둘러져 있는 것을 보았다. 코가 솟아 있어야 할 곳이 가는 끈으로 평평했다. 그녀의 얼굴에서는 흰색 가는 끈만이 보였다.

그녀가 나갔을 때, 관리인이 말했다. "혼자 계시게 저도 나가 보겠습니다." 내가 어떤 몸짓을 했는지 모르겠지만 그는 여전히 뒤에 머물러 있었다. 등 뒤에 있는 그 존재가 거북했다. 방 안에는 저물녘의 황혼이 아름답게 들어찼다. 말벌 두 마리가 유리창에 부딪히며 붕붕거리고 있었고 졸음이 엄습해 오는 게 느껴졌다. 나는 고개를 돌리지 않은 채 관리인에게 물었다. "여기 계신 지 오래되셨나 봐요?" 즉각 그는 대답했다 "5년 됐습니다." 하고. 마치 오래전부터 내 질문을 기다리기라도 했던 것처럼.

그러고 나서, 그는 많은 이야기를 쏟아 냈다. 누군가 자신에게 마랭고 보호시설 관리인으로 삶을 마칠 거라고 했다면 기절초풍 했을 거라고도 했다. 그는 64세로 파리 사람이었다. 그 순간 나는 "아, 그럼 여기 분이 아니셨군요?" 하고 그의 말을 가로챘다. 그제야 나는 그가 나를 원장실로 데려가기 전 엄마에 관해 했던 말들이 떠올랐다. 그는 내게 엄마를 아주 빨리 묻어야 한다고, 특히 이 지방에서는 평지의 기온이 뜨겁기 때문이라고 했었다. 그가 파리에 살았고, 그곳을 잊는 게 어려웠다는 것을 내게 알려 준 것도 그때였다. 파리에서는 때때로 사나흘쯤 시체를 묻지 않고 놔두기도 하지만 여기서는 그럴 시간이 없다며, 죽음을 실감할 겨를도 없이 영구차를 쫓아가야 한다는 것이었다. 그때 그의 아내가 그에게 말했다. "입 다물어요. 그런 건 이 신사분에게 할 이야기가 아니지." 노인이 얼굴을 붉히며 사과했다. 나는 끼어들어 말했다. "아니요, 아니요, 괜찮습니다." 나는 그의 말이 일리 있고 흥미롭다고 생각했던 것이다.

그 작은 영안실 안에서, 그는 내게 자신은 곤궁한 처지에 보호시설로 들어오게 되었다고 말했다. 그는 정정하다고 여겼기에 이곳 관리인에 지원했다. 그래도 결국 재원자 중 한 명이 아니냐고 내가 말했다. 그는 아니라고 대답했다. 나는 이미 그가 다른 이들을 '그들', '다른 사람들', 그리고 가끔이지만 '늙은이들'이라고 지칭하는 것을 듣고는 놀랐는데, 재원자들 중에는 그보다 늙지 않은 사람도 제법 있었던 것이다. 그러나 물론, 그건 같은 게 아니었다. 그는 관리인이었고, 어느 정도 그들에 대한 권한도 가지고 있었다.

간호인이 그즈음 들어왔다. 밤이 갑자기 찾아왔다. 매우 빠르게, 어둠이 지붕 위 창으로 쌓여 갔다. 관리인이 스위치를 켰고, 나는 갑작스레 쏟아지는 불빛으로 인해 눈앞이 캄

캄해졌다. 그가 내게 구내식당으로 저녁을 먹으러 가자고 청했다. 하지만 나는 배가 고프지 않았다. 그러더니 카페오레를 한 잔 가져다주겠노라고 제안했다. 나는 카페오레를 매우 좋아했으므로 그래 달라고 했고, 잠시 후 그는 쟁반을 하나 받쳐 들고 돌아왔다. 나는 마셨다. 그러고 나자 담배가 피우고 싶어졌다. 그러나 나는 엄마 앞에서 그래도 되는 건지 알 수 없었으므로 망설였다. 나는 생각해 보았는데, 그건 중요하지 않았다. 나는 관리인에게 담배 한 대를 권했고 우리는 함께 담배를 피웠다.

어느 순간, 그가 내게 말했다. "아시다시피, 당신 어머니 친구분들도 어머니를 지켜보러 올 겁니다. 관습이니까요. 저는 의자들과 블랙커피를 가지러 가봐야겠습니다." 나는 그에게 전등 하나를 꺼도 되는지 어떤지를 물었다. 흰 벽에 반사되어 번쩍이는 불빛이 나를 피곤하게 만들었기 때문이다. 그는 내게 불가능하다고 말했다. 가설이 그렇게 된 거라고. 다 켜든지 아니면 다 꺼야 한다고. 나는 그에게 더 이상 별다른 주의를 기울이지 않았다. 그는 나갔다가 돌아왔고, 몇 개의 의자를 배치했다. 그중 하나에 커피포트 주위로 찻잔들을 포개 놓았다. 그러고 나서 그는 내 앞쪽의, 엄마 옆에 앉았다. 간호인 역시 그를 등지고 뒤쪽에 있었다. 나는 그녀가 하고 있는 게 뭔지 알 수 없었다. 그러나 팔의 움직임으로 보아 그녀가 뜨개질을 하고 있다고 믿어졌다. 그곳은 안온했고, 커피가 나를 부드럽게 만들고 열려진 문을 통해 밤과 꽃들의 향기가 밀려들어 왔다. 내 생각에 잠깐 잠이 들었던 것 같다.

나를 깨운 건 바스락거리는 소리였다. 눈을 감고 있었던 탓인지 방 안의 흰색이 전보다 훨씬 환해 보였다. 내 앞으로, 그림자 하나 없는 물체 하나하나의, 모서리 각들과 모든 곡선들이 예리하게 눈을 찔러오고 있었다. 엄마의 친구분들이 들어온 것은 그때였다. 그들은 모두 십여 명쯤 되었고, 그 눈부신 빛 속으로 소리 없이 미끄러져 들어왔다. 그들은 의자 끄는 소리 하나 내지 않고 자리에 앉았다. 나는 지금껏 누구도 본 적이 없는 것처럼 그들의 얼굴은 물론 옷차림 하나까지도 놓치지 않기 위해 바라보았다. 그럼에도 불구하고 그들로부터는 아무 소리도 들리지 않았기에 거의 그들의 실체를 믿기 어려울 정도였다. 여자들 대부분이 앞치마를 둘렀는데, 허리에 졸라맨 끈 때문에 그네들의 튀어나온 배가 더욱 불룩해 보였다. 나는 나이 든 여자들의 배가 어떤 것인지 결코 눈여겨본 적이 없었다. 남자들은 거의 전부 매우 야위었고 지팡이를 쥐고 있었다. 그들의 얼굴이 인상적이었던 것은, 눈들은 보이지 않고 단지 생기 없는 빛만 주름투성이 속에서 보였다는 것이다. 그들이 자리에 앉았을 때, 대부분이 나를 바라보았고 어색하게 고갯짓을 했는데, 그들의 입술은 전부 이빨이 없이 말려 들어가서, 내게 인사를 건네는 것인지, 그냥 버릇인지 알 수 없었다. 그들은 내게 인사를 건넸던 것으로 여겨졌다. 그제야 나는 그들이 전부 내 맞은편에서 관리인 주위에 둘러앉아, 고개를 끄덕이고 있다는 사실을 깨달았다. 순간 나는 그들이 나를 재판하기 위해 거기에 있는 게 아닌가 하는 터무니없는 인상을 받았다.

얼마 지나지 않아, 여자들 가운데 한 명이 울기 시작했다. 그 여자는 둘째 줄에 있어서, 동료 중 한 명에게 가려져 있었기에, 나는 그녀를 잘 볼 수 없었다. 그녀는 규칙적으로 낮게 흐느끼고 있었다. 그녀는 결코 울음을 그치지 않을 것처럼 여겨졌다. 다른 사람들에게는 그녀의 흐느낌이 들리지 않는 모양이었다. 그들은 맥없이, 침울하고 조용하게 앉아 있었다. 그들은 관이나 자신들의 지팡이, 또는 어떤 것을 보면서, 단지 그것만을 바라보았다. 여자는 여전히 울고 있었다. 나는 그녀가 누구인지조차 몰랐기에 매우 놀랐다. 나는 그녀의 울음소리가 더 이상 들리지 않길 바랐다. 그럼에도 불구하고 감히 뭐라 말할 수도 없는 노릇이었다. 관리인이 그녀에게 몸을 기울여, 무슨 말인가를 했지만, 그녀는 고개를 흔들고는 뭐라고 웅얼거렸고, 일정한 기준에 따라 계속해서 울기 시작했다. 관리인이 그러고 나서 내 쪽으로 왔다. 그는 내 옆에 앉았다. 긴 시간이 흐른 후, 그는 나를 바라보지도 않고 알려 주었다.

"저 여자분이 어머님과 매우 친했답니다. 어머니가 여기서 유일한 친구였는데 이제 한 명도 남아 있지 않다고 하네요."

우리는 오랫동안 그러고 있었다. 그 여자의 탄식과 흐느낌이 차츰 잦아들었다. 그녀는 한참을 훌쩍였다. 그녀가 마침내 울음을 그쳤다. 나는 더 이상 졸리지는 않았지만, 피곤하고 허리가 아팠다. 이제 무엇보다 나를 고통스럽게 만드는 것은 여기 있는 모든 사람들의 침묵이었다. 단지 가끔씩, 나는 하나의 소리를 들었는데 그것이 무슨 소리인지 이해할 수 없었다. 결국에, 나는 몇몇 노인이 볼 안쪽을 빨아 대면서 그같은 기이한 딸깍거리는 소리를 내고 있다고 짐작하게 되었다. 그들은 너무 깊이 생각에 빠져 있었기에 그것을 인식조차하지 못하는 듯했다. 나는 심지어 그들 한가운데 누워 있는 이 죽은 여인조차 그들에게는 아무 의미도 없는 게 아닐까 하는 인상까지 받았다. 하지만 이제는 그것이 잘못된 인상이었다는 것을 안다.

우리는 모두 관리인이 가져다준 커피를 마셨다. 그 다음은 더 이상 모르겠다. 밤이 흘러갔다. 나는 한순간 눈을 떠서, 지팡이를 움켜쥔 손등에 턱을 괴고, 마치 내가 깨어나기를 기다리고 있었던 듯 나를 응시하고 있던 한 사람을 제외한, 노인들이 웅크려 잠들어 있는 것을 보았던 기억이 있다. 그러고는 다시 잠이 들었다. 나는 점점 더 아파 오는 허리 때문에 잠에서 깨어났다. 하루가 지붕 위로 난 창으로 미끄러지듯 스며들고 있었다. 잠시 후, 노인들 가운데 한 사람이 깨어나서 몹시 심하게 기침을 했다. 그는 큰 체크무늬 손수건에다 쥐어짜내는 것처럼 여러 번 침을 뱉었다. 그는 다른 이들을 깨웠고, 관리인이 그들에게 이제 가야 한다고 말했다. 그들은 일어섰다. 이 밤샘 조문은 그들의 얼굴을 잿빛으로 만들었다. 떠날 때, 나는 놀랐는데, 그들은 모두 나와 악수를 했던 것이다. 마치 단 한 마디도 나누지 않은 그 밤이 우리의 친밀감을 높여 놓은 것처럼.

나는 피곤했다. 관리인이 나를 자기 방으로 데리고 가주어서 간단하게나마 씻을 수 있었다. 나는 또 카페오레를 마셨는데 정말 맛이 좋았다. 밖으로 나섰을 때, 날이 완전히 밝아 있었다. 바다로부터 마랭고를 분리시키는 언덕 위, 하늘에는 붉은 기운이 가득했다. 그리고 언덕 위로 불어오는 바람이 소금 내음을 실어 보냈다. 화창한 하루가 준비되고 있었다. 나는 시골에 나와 본 것이 너무 오랜만이어서, 만약 엄마 일만 아니었더라면 산책을 하면 기쁠 것 같았다.

하지만 나는 마당 안, 플라타너스 밑에서 기다렸다. 싱그러운 흙내음을 들이마셨고, 더 이상 잠은 오지 않았다. 나는 사무실의 동료들을 생각했다. 이 시간이면 그들도 출근을 위해 일어났을 것이다. 내게는 언제나 가장 힘든 시간이었다. 그런 것들에 관해 생각하고 있었지만, 건물 안에서 울리는 종소리로 인해 곧 깨어졌다. 창 뒤에서 잠시 소요가 있었고, 그러고는 모든 것이 조용해졌다. 태양은 이제 좀더 하늘 높이 떠올랐다. 그것은 내 발을 덥히기 시작했다. 관리인이 마당을 가로질러 와서는 원장이 나를 찾는다고 말했다. 나는 그의 사무실로 갔다. 그는 내게 몇 장의 서류에 사인을 하게 했다. 나는 그가 줄무늬 바지에 검은 웃옷 차림이라는 것을 알아보았다. 그는 수화기를 손에 들고 내게 말을 걸었다. "장례 인부들이 좀 전에 왔소. 그들에게 관을 봉하라고 할 거요. 그전에 마지막으로 어머니를 보시길 원하나요?" 나는 아니라고 대답했다. 그는 수화기에 대고 목소리를 낮춰 지시를 내렸다. "피자크, 사람들에게 진행해도 된다고 하게."

그러고 나서 그는 자신도 장례식에 참석할 거라고 말했고 나는 고맙다고 답했다. 그는 자신의 책상 뒤쪽으로 가더니 짧은 다리를 꼬고 앉았다. 그는 간호인은 의무적으로 따르게 되어 있고, 자신과 나만 거기 참석하는 거라고 알려 주었다. 원칙적으로 재원자들은 장례식에 참석하지 못한다는 것이다. 그는 단지 그들에게 밤샘 조문만 허락했다. "그건 인정의 문제니까요." 그가 말했다. 하지만 이번에는, 어머니의 오랜 친구에게 운구 행렬을 따르는 걸 허락했다고 한다. "토마페레라고". 여기서, 원장이 웃음을 지었다. 그는 내게 말했다.

"이해하세요. 이건 조금 유치한 감정이긴 합니다. 하지만 그와 어머니는 서로의 곁을 거의 떠나지 않았어요. 양로원에서, 사람들은 페레 씨에게 농담 삼아, 말하곤 했죠. "그 사람이 당신 약혼녀군." 그러면 그는 웃었소. 그것이 그들을 즐겁게 만든 거요. 그리고 뫼르소 부인의 죽음이 그에게 심한 마음의 상처를 준 게 사실이죠. 나는 그가 허락해달라는 걸 거절할 수 없었소. 하지만 시찰 의사의 조언에 따라, 그에게 어제 밤샘 조문은 금지시켰던 거요."

우리는 꽤 오랫동안 침묵했다. 원장이 일어서서 사무실 창 밖을 내다보았다. 어느 순간 그가 말했다. "마랭고의 사제님이 벌써 오시네, 일찍 오셨군." 그는 내게 마을에 있는 성당까지 가려면 적어도 45분은 걸어야 한다고 일러주었다. 우리는 아래로 내려갔다. 건물 앞에는 사제와 시중드는 아이 둘이 서 있었다. 그중 한 아이가 향로를 들고 있었고 사제는 그것의 은줄 길이를 조절하느라 그에게로 몸을 굽히고 있었다. 우리가 도착했을 때, 사제가 허리를 펴고 섰다. 그는 나를 '형제님'이라고 부르며 내게 몇 마디를 더 했다. 그가 안으로 들어갔고, 나는 그를 뒤따랐다.

나는 한 눈에 관의 나사못이 조여져 있는 것과 검은 옷을 입은 네 명의 남자가 방 안에 있는 것을 보았다. 동시에 원장이 내게 마차가 밖에서 기다리고 있다고 하는 소리와 사제가 시작한 기도 소리를 들었다. 그 순간부터, 모든 게 신속하게 진행되었다. 남자들이 덮개 천을 들고 관으로 나아갔다. 사제와, 그의 복사服事, 원장과 나는 밖으로 나왔다. 문 앞에는 내가 모르는 여인이 한 명 있었다. "뫼르소 씨요." 원장이 말했다. 나는 그 숙녀의 이름을 듣지 못했고 그저 그녀가 담당 간호인이라는 것만 알았다. 그녀가 웃음기 없이 깡마르고 길쭉한 얼굴을 숙였다. 그러고 나서 우리는 시신이 지나갈 수 있도록 나란히 비켜섰다. 우리는 운구를 든 이들을 뒤따르며 양로원을 나섰다. 문 앞에 마차가 기다리고 있었다. 길쭉한 모양에 니스 칠을 해 번쩍거리는 그것은 필통을 연상시켰다. 마차 옆에는 진행을 맡은 우스꽝스러운 차림의 키 작은 사내와 거동이 어색해 보이는 노인 한 분이 있었다. 나는 그가 페레 씨라는 것을 알아챘다. 그는 챙이 넓고 위가 둥그런 펠트 모자를 썼고(관이 문을 지날 때는 그것을 벗었다) 바짓단이 구두 위로 돌돌 말린 바지에, 흰 셔츠의 큰 칼라에 비해 지나치게 작은 검정 타이를 매고 있었다. 그의 입술이 검은 점들이 박힌 코 밑에서 떨리고 있었다. 신기하게도 귓바퀴가 심하게 말린 축 처진 귀가 아주 가느다란 흰 머리칼 밑으로 드러나 보였다. 창백한 얼굴에 선지처럼 붉은 그 귀가 유별나게 눈에 띄었다. 진행자가 우리의 자리를 정해 주었다. 사제가 앞서 걷고, 다음이 영구차, 그 주위로 인부 네 사람, 그 뒤로 원장과

나, 행렬의 끝에 담당 간호사와 페레 씨가 따랐다.

하늘은 이미 햇빛으로 가득했다. 그것은 땅 위로 무겁게 내려앉기 시작했고 열기는 급속하게 높아졌다. 우리가 출발 전에 꽤 오랜 시간 기다려야 했던 이유에 대해서는 모르겠다. 나는 입고 있는 상복 때문에 더웠다. 모자를 덮어썼던 그 왜소한 영감은 다시 그걸 벗었다. 나는 그를 향해 약간 몸을 틀고 있었고, 원장이 그에 관해 말하는 동안 그를 바라보고 있었다. 그는 어머니와 페레 씨가 저녁이면 종종 간호사를 대동하고 마을로 산책을 나가곤 했다고 말했다. 나는 내 주위의 전원을 바라보았다. 하늘에 닿을 듯 늘어선 언덕의 편백색 윤곽, 다갈색과 녹색의 대지, 잘 정비되어 드문드문 놓여진 집들을 통해, 나는 엄마를 이해했다. 저녁은, 이 지역에서, 우수어린 휴식에 틀림없었을 것이다. 오늘은, 풍광을 전율케 하는 범람하는 태양이 비인간적이고 의기소침하게 만들었다.

우리는 걷기 시작했다. 페레 씨가 다리를 약간 전다는 것을 알아차린 것은 그때였다. 마차가 천천히 속도를 높였고 노인은 뒤로 처졌다. 마차 둘레에 섰던 이들 중 한 사람도 뒤로 처져서 이제는 나와 나란히 걷고 있었다. 태양이 그렇게 빨리 하늘로 솟구쳐 오를 수 있다는 데 대해 나는 놀랐다. 벌써 오래전부터 벌판에서 윙윙거리는 벌레 소리와 타닥거리는 풀 소리가 들려오고 있었다. 땀이 뺨을 타고 흘러내렸다. 나는 모자를 갖고 있지 않았으므로 손수건으로 부채질을 하곤 했다. 장의사가 그때 내게 뭐라고 말을 했는데 나는 잘 듣지 못했다. 동시에 그는 오른손으로 모자 차양을 들어 올리고 왼손에 들고 있던 손수건으로 머리의 땀을 훔치고 있었다. 나는 그에게 물었다. "뭐라 하셨나요?" 그는 하늘을 가리키며 말했다. "햇볕이 지독하다구요." 나는 "예" 했고, 조금 뒤에 그가 물었다. "여기 분이 댁의 어머니시요?" 나는 다시 "네" 하고 대답했다. "연세가 많으신가 보죠?" 나는 정확한 나이를 알지 못했기에, "그런 셈이죠"라고 답했다. 그러고 나자, 그가 침묵했다. 내가 뒤를 돌아보자 페레 영감이 50미터쯤 우리 뒤에 있는 것이 보였다. 그는 펠트 모자를 팔길이 만큼 흔들며 서둘러 오고 있었다. 나는 원장 또한 보았다. 그는 불필요한 동작은 전혀 하지 않고 잔뜩 위엄 있게 걷고 있었다. 이마에 땀방울이 맺혀 있었지만 닦으려 하지도 않았다.

내가 보기엔 행렬이 좀더 빨라진 것 같았다. 주위는 한결같이 햇빛이 넘쳐나 눈부시게 빛나는 벌판뿐이었다. 하늘에서 쏟아지는 빛을 더 이상 견디기 힘들 지경이었다. 어느 순간 우리는 최근 들어 새로 깐 도로로 들어섰다. 아스팔트가 햇빛을 받아 갈라 터져 있었다. 우리의 발자국이 찍히면서 아스팔트는 죽처럼 뭉개져 번들거렸다. 마차 위로 보이는 마부의 가죽 모자가 마치 이 검은 진창을 짓이겨 만든 것 같았다. 푸르고 흰 하늘과 곤죽이 된 검은 아스팔트의 끈적거림, 입고 있는 검정색 상복들의 음울함, 래커 칠한 검은 마차. 이 모든 색상들의 단조로움으로 인해 나는 정신이 다 몽롱했다. 햇볕과 마차에서 나는 가죽냄새, 말똥 냄새, 니스 칠 냄새와 향냄새, 밤샘 후의 피로, 이 모든 것들이 내 눈과 머리를 어지럽혔다. 나는 다시 뒤를 돌아보았다. 뭉게구름처럼 피어오르는 열기 속에서 페레 씨가 까마득하게 멀게 느껴지다가 더 이상 보이지 않게 되었다. 눈을 돌려 자세히 살펴보니 그는 길을 벗어나 벌판을 가로질러 가고 있었다. 나는 내 앞쪽으로도 길이 굽어 있는 것을 확인했다. 그 지방을 잘 아는 페레 씨는 우리를 따라잡기 위해 지름길을 찾아든 것이다. 길이 구부러진 곳에 이르자 그는 우리와 합류했고, 다시 행렬에서 뒤처지면 벌판을 가로질러 가기를 수차례 반복했다. 나는 관자놀이에서 피가 솟구치는 것을 느꼈다.

모든 것이 그렇게 서둘러, 확실하고 자연스럽게 진행되었고 나는 어떤 것도 기억할 수 없었다. 다만 한 가지, 마을 어귀에서 파견 간호사가 내게 한 말을 기억한다. 그녀는 얼굴과는 사뭇 다르게 리드미컬하고 울림 있는 목소리를 가지고 있었다. 그녀는 내게 말했다. "천천히 가면, 일사병에 걸릴 위험이 있어요. 하지만 너무 빨리 가면, 땀을 흘리게 되고 성당 안에서 오한을 느끼게 될 거예요." 그녀가 옳았다. 탈출구는 없었다. 나는 아직도 그날의 몇 가지 광경을 기억하고 있다. 예컨대, 마을 인근에서 마침내, 우리와 함께했던 페레 씨의 얼굴. 초조함과 고통으로 인한 굵은 눈물방울이 그의 뺨에 흐르고 있었다. 그러나 주름살 때문에 그것들은 흘러내리지 못했다. 일그러진 얼굴 위에서 물광의 형태로 퍼졌다가 모였다가 하였다. 거기에는 여전히 성당과 보도 위의 마을 사람들이 있었고, 묘지 위의 붉은 제라늄 꽃들, (마치 팔다리가 탈구된 꼭두각시처럼 보였던) 페레 씨의 실신, 엄마의 관 위로 뿌려지던 피처럼 붉었던 흙더미, 그것에 섞여지던 풀뿌리들의 흰 속살, 더 많은 사람들, 목소리들, 마을, 한 카페 앞에서의 기다림, 끊임없이 툴툴거리던 엔진 소리, 그리고 버스가 알제로부터 빛의 둥지로 들어설 때의 기쁨과 이제 잠자리에 들어 열두 시간을 잘 수 있겠다는 생각이 안겨 주던 기쁨이 있었다.

II

　잠에서 깨어나자, 내가 이틀의 휴가를 신청했을 때 왜 사장이 탐탁지 않은 표정을 지었는지 알게 되었다. 오늘이 바로 토요일이었던 것이다. 이를테면 나는 그것을 잊고 있다가 자리에서 일어나면서 불현듯 깨닫게 되었다. 사장은 아주 당연하게도 내가 그렇게 일요일까지, 도합 사흘을 쉬게 되리라는 생각을 하게 되었던 것이다. 그러니 기분이 좋았을 리 없었다. 그러나 한편으로, 엄마의 장례를 오늘 치르지 않고 어제 치른 것은 내 잘못이 아니었고, 또한 어차피 토요일과 일요일은 휴무가 아니었던가. 물론 그렇다고 해서 사장의 심정을 이해 못 할 바는 아니었다.

　나는 어제일 때문에 피곤해서 일어나기가 힘들었다. 면도를 하면서 오늘 무엇을 할까 생각하다 수영을 하러 가기로 결정했다. 나는 전차를 타고 항구의 해수욕장으로 갔다. 거기서, 나는 물로 뛰어들었다. 젊은이들이 많이 있었다. 나는 물속에서 이전에 우리 사무실의 타이피스트로 일했던 마리 카르도나를 만났다. 내가 그때 마음에 두었던 사람이었다. 그

녀 역시 그랬다고, 나는 생각한다. 그러나 얼마 안 있어 그녀
가 회사를 그만두었고 우리에겐 기회가 없었다. 나는 그녀가
부표 위로 오르는 것을 도왔고, 그 순간 그녀의 젖가슴을 살
짝 스치기도 했다. 내가 여전히 물속에 있는 동안 그녀는 벌
써 부표 위에 배를 깔고 엎드려 있었다. 그녀가 내게로 몸을
돌렸을 때 머리칼이 드리운 눈이 나를 보고 웃고 있었다. 나
는 부표 위 그녀 곁으로 기어 올라갔다. 유쾌했다. 나는 농담
을 던지며 머리를 뒤로 젖혀 그녀의 배를 베고 누웠다. 그녀
가 아무 말도 하지 않기에 나는 그냥 그대로 있었다. 온 하늘
이 눈에 들어왔다. 푸른빛과 황금빛이 섞여 있었다. 목덜미
밑에서 마리의 배가 천천히 오르내리는 것이 느껴졌다. 우리
는 오랫동안 그렇게 선잠을 자듯 부표 위에 누워 있었다. 햇
볕이 너무 강렬해지자 마리는 물속으로 뛰어들었고 나도 뒤
를 따랐다. 나는 그녀의 곁으로 가서 손을 허리에 두르고 함
께 헤엄을 쳤다. 마리는 줄곧 웃고 있었다. 둑 위로 올라가서
몸을 말리는 동안 그녀가 내게 말했다. "내가 당신보다 더 탄
거 같은데요." 나는 그녀에게 혹시 저녁에, 영화관에 가겠느
냐고 물었다. 그녀는 다시 웃으면서 페르낭델이 나오는 영화
를 보고 싶다고 말했다. 우리가 옷을 입었을 때, 그녀가 검은
타이를 하고 있는 나를 보고 몹시 놀라며 혹시 애도중이냐
고 물었다. 나는 엄마가 돌아가셨다고 말했다. 그녀가 언제부

터였는지를 알고 싶어 했기에 나는 "어제부터." 라고 대답했다. 그녀는 뒤로 주춤 물러서긴 했지만, 아무 말도 하지 않았다. 그건 내 잘못이 아니라고 말하려다 사장에게 이미 그렇게 말했던 것을 떠올리곤 그만두었다. 그건 아무런 의미도 없었다. 어쨌든, 우리는 항상 얼마간의 잘못을 저지른다.

저녁이 되어, 마리는 모든 걸 잊고 있었다. 영화는 때로 웃겼고 또 실제로는 너무 산만했다. 그녀의 다리가 내게로 기대왔다. 나는 그녀의 가슴을 스쳤다. 상영이 끝날 무렵, 나는 그녀에게 키스했지만, 잘되지 않았다. 밖으로 나와, 그녀는 내 집으로 왔다.

내가 눈을 떴을 때, 마리는 가버리고 없었다. 마리는 친척 아주머니에게 가야 한다고 내게 이미 말했던 것이다. 그날이 일요일이라는 데 생각이 미치자 나는 따분해졌다. 나는 일요일을 좋아하지 않았다. 그래서 나는 침대에서 몸을 뒤척이며 마리가 남겨 두고 간 베개 위의 소금기 묻은 머리 냄새를 좇다가 10시까지 잤다. 그러고도 여전히 침대에 누운 채 정오까지 담배를 피워 댔다. 나는 평소처럼 셀레스트네 식당에 가서 점심을 먹고 싶지는 않았다. 틀림없이 사람들이 이것저것 물어 올 텐데, 그것이 싫었던 것이다. 나는 계란 프라이를 해서 접시째 입을 대고 빵도 없이 먹었다. 빵이 떨어졌지만 사러 내려가고 싶지 않아서였다.

나는 점심을 먹고 좀 무료해져서 아파트 안을 어슬렁거렸다. 엄마가 계실 때는 맞춤한 아파트였는데 이제 나 혼자 쓰기엔 너무 커서 주방의 식탁을 방 안으로 들여야 했다. 나는 이제 방 하나에 조금 내려앉은 의자들과 누렇게 변색한 거울 달린 옷장과 화장대, 그리고 구리 침대만 두고 살고 있다. 나머지는 모두 버려둔 채였다. 잠시 후 나는 특별히 할 일이 없어 옛날 신문을 집어 들어 읽었다. 거기서 크뤼센 소금 광고를 오려서 흥미 있는 신문 기사를 스크랩해 두는 낡은 공책에 붙였다. 나는 손까지 씻고, 마침내는 발코니로 나갔다.

내 방은 변두리 간선도로에 면해 있다. 오후의 날씨는 화창했지만 보도는 진득거렸고 몇 안 되는 행인들이 한껏 서두르고 있었다. 산책을 나가는 가족이 우선 눈에 들어왔다. 빳빳이 세운 바짓가랑이가 무릎 아래까지 내려오는 해군복 차림이 거북해 보이는 남자아이 둘과 커다란 분홍색 리본을 달고 검은색 에나멜 구두를 신은 여자아이, 그 뒤로 밤색 비단 옷 차림의 엄청나게 비만인 여자와 키가 작고 비쩍 마른, 나도 얼굴은 알고 있는 사나이가 걸어가고 있었다. 남자는 밀짚모자를 쓰고 나비타이에 단장을 짚었는데, 그의 아내와 나란히 있는 것을 보니 동네 사람들이 왜 그를 두고 점잖은 사람이라고 하는지 알 것 같았다. 조금 뒤에 변두리에 사는 젊은 이들이 지나갔다. 머리에는 윤기 나는 기름을 바르고, 붉은 타이에 허리가 꽉 끼는 양복저고리에 장식 손수건을 꽂고 각진 구두를 신고 있었다. 아마 시내로 영화 구경을 가는 중인 듯했다. 그렇게 일찍 길을 나서 큰 소리로 웃어 대며 서둘러 전차를 타러 가고 있는 것을 보면 말이다.

그들이 지나간 이후 길거리는 차츰 인적이 뜸해졌다. 아마도 곳곳에서 공연이 시작된 모양이었다. 이제 길에는 가게를 지키는 주인들과 고양이들만이 눈에 띄었다. 길가의 무화과나무 가로수 위로 보이는 하늘은 맑았지만 환하게 빛나지 않았다. 길 건너편 담배 가게 주인이 의자를 끌고 나와 문 앞에 놓고는 등받이에 두 팔을 괴고 걸터앉았다. 조금 전까지 승객들이 미어터질 듯 들어찼던 전차들도 거의 비다시피 했다. 담배 가게 옆 조그만 카페 '피에로'에서는 사환이 텅 빈 가게 안의 톱밥을 쓸고 있었다. 바야흐로 일요일이었다.

나는 담배 가게 주인처럼 의자를 돌려놓았다. 그것이 더 편해 보였기 때문이다. 나는 담배를 두 대 피웠고, 안으로 들어가 초콜릿 한 조각을 들고 창가로 나와 먹었다. 오래지 않아 하늘이 점점 어두워졌다. 나는 여름 소나기가 오려나 보다 했다. 그러나 하늘은 다시 차차 밝아졌다. 하지만 비를 머금은 듯한 구름층이 지나고 있어 거리는 더 어두워졌다. 나는 오랫동안 그 자리에 남아 하늘을 바라보았다.

5시가 되자 요란한 소리와 함께 전차가 도착했다. 교외의 경기장으로부터 돌아오는 구경꾼들이 발판이며 난간에까지 발 디딜 틈도 없이 들어차 있었다. 그다음 전차에는 운동선수들이 타고 있었다. 나는 그들의 손에 들린 보스턴백으로 인해 그들이 운동선수임을 짐작할 수 있었다. 그들은 자기네 클럽은 결코 죽지 않을 거라고 목청껏 소리치며 노래를 불렀다. 여러 명이 내게 손을 흔들었다. 그 가운데 한 사람이 "우리가 이겼어" 하고 소리쳤다. 나는 머리를 끄덕여 '알겠다'는 신호를 보냈다. 그리고 난 뒤에는 자동차들이 몰려들기 시작했다.

날이 다시 약간 바뀌었다. 지붕 위 하늘은 불그스름해졌고, 땅거미가 지기 시작하자 거리는 생기가 돌았다. 산보객들도 차츰 돌아오고 있었다. 사람들 속에서 예의 그 점잖은 가장도 눈에 띄었다. 아이들은 울거나 질질 끌려오고 있었다. 곧이어 동네 영화관에서 관객들을 길 위로 쏟아 내놓았다. 그들 가운데 젊은이들이 평소보다 한결 단호한 몸짓을 하고 있는 것을 보고 나는 활극 영화를 본 모양이구나 생각했다. 시내 영화관에 갔던 사람들은 조금 뒤에 오기 시작했다. 그들은 한결 심각한 표정이었다. 여전히 웃고는 있었지만, 가끔씩 피로해 보였으며 뭔가를 생각하는 듯했다. 그들은 거리에 남아 맞은편 보도를 이리저리 오갔다. 모자를 쓰지 않은 동네 아가씨들 몇이 팔짱을 끼고 지나갔다. 젊은 사내애들이 일부러 그녀들 옆으로 지나며 농담을 던졌고 아가씨들은 고개를 돌리며 웃어 댔다. 그네들 중 아는 몇몇이 내게 손을 흔들었다.

그때 갑자기 가로등이 켜지며, 밤하늘에 가장 먼저 떠오른 별들이 흐릿해졌다. 그처럼 온갖 사람들과 빛이 가득한 거리를 바라보고 있자니 나는 눈이 피로해졌다. 젖은 보도블록은 가로등 불빛을 받아 빛났고, 일정한 간격을 두고 전차들이 들어올 때 비치는 빛이 머리칼이나 웃음 띤 얼굴, 은팔찌 위에서 바스러졌다. 이윽고 전차들이 뜸해지고 깜깜한 어둠이 어느새 나무들과 가로등 위로 내려앉으면서 거리엔 차츰 인적이 끊기고 첫 번째 고양이가 천천히 다시 한적해진 길을 가로질러 가고 있었다. 그제야 나는 저녁을 먹어야겠다는 생각이 들었다. 오랫동안 의자 등받이에 기대어 있었으므로 목이 좀 아팠다. 나는 거리로 내려가 빵과 파스타를 사다 저녁을 해서 그냥 선 채로 먹었다. 나는 창가에서 담배를 한 대 피우고 싶었지만, 공기가 차가워서 추위를 좀 느꼈다. 창문을 닫고 되돌아오면서 나는 거울 속에서 남겨진 빵조각을 비추고 있는 알코올램프가 올려진 식탁 모서리를 보았다. 언제나처럼 또 한 번의 일요일이 지나갔고, 엄마는 이제 땅속에 묻혔으며, 나는 다시 직장으로 돌아갈 것이고, 결국, 바뀐 것은 아무것도 없다는 생각이 들었다.

III

오늘 나는 사무실에서 많은 일을 했다. 사장은 친절했다. 그는 내게 너무 피곤하지는 않은지 물었고, 또한 엄마의 나이를 알고 싶어 했다. 나는 실수하지 않기 위해, "예순 정도"라고 말했는데, 잘 모르겠지만 그는 안도하는 듯했고, 그 문제는 끝난 일로 여기는 것 같았다.

내 책상 위에는 선하증권이 산더미처럼 쌓여 있었고 나는 전부 뜯어보아야 했다. 점심을 먹기 위해 사무실을 나오기 전, 나는 손을 씻었다. 점심때의, 그 순간이 정말 좋다. 저녁이면, 우리가 사용하는 두루마리 수건이 온종일 사용해서 거의 젖어 있기에 기분이 별로 좋지 않았다. 나는 한번은 사장에게 그 점을 지적하기도 했다. 그는 자기도 유감스럽게 생각한다고 답했지만, 여전히 중요하게 여기는 사안 같지는 않았다. 나는 조금 늦은 시간인 12시 반쯤, 발송과에 근무하는 에마뉘엘과 함께 밖으로 나왔다. 사무실이 바다에 면해 있어서 우리는 햇볕에 뜨겁게 달아오른 항구의 화물선들에 잠깐 정신을 팔고 서 있었다. 그때, 화물 트럭 한 대가 날카로운 체인

소리와 파열음을 내며 도착했다. 에마뉘엘이 내게 "우리 저거 탈까" 하고 물었고 나는 달리기 시작했다. 트럭이 우리를 지나쳤고, 우리는 그것을 뒤쫓아 내달렸다. 나는 소음과 먼지에 휩싸였다. 더 이상 아무것도 볼 수 없었고 아무것도 느껴지지 않았지만, 윈치들과 여러 기계들, 그리고 수평선 위에서 까닥거리는 돛대와 우리가 좇는 선체들의 한복판에서, 나는 달리기를 멈출 수 없었다. 내가 먼저 받침대를 잡았고 날듯이 뛰어올랐다. 그러고 나서 나는 에마뉘엘이 올라앉도록 도왔다. 우리는 숨을 몰아쉬었고, 트럭은 먼지와 태양이 뒤덮인 부두의 고르지 못한 도로를 텅텅 튀어 오르며 달렸다. 에마뉘엘이 숨넘어갈 정도로 웃어 젖혔다.

우리는 땀에 흠뻑 젖어 셀레스트네 식당에 도착했다. 셀레스트는 그의 큰 배에, 앞치마를 두르고 하얀 콧수염인 채로 여전히 거기에 있었다. 그는 내게 "괜찮냐"고 물었다. 나는 그에게 그렇다고 대답하고, 배가 고프다고 말했다. 나는 매우 빠른 속도로 음식을 먹고 커피를 마셨다. 그러고 나서 집으로 갔고, 와인을 너무 많이 마신 탓에 잠깐 잠을 잤으며, 깨어났을 때는, 담배가 피우고 싶어졌다. 늦어서 나는 전차를 잡기 위해 뛰어야만 했다. 나는 오후 내내 일했다. 사무실 안은 무척 더웠고, 그곳을 나선 저녁때는 천천히 부두를 따라 걸어 돌아올 수 있어서 행복했다. 하늘은 녹색이었고, 나는 만족감을 느꼈다. 그렇지만, 나는 직접 감자를 삶아 먹고 싶어져서 곧장 집으로 돌아왔다.

어두운 층계를 올라가다가, 나는 같은 층 이웃인 살라마노 영감과 맞닥쳤다. 그는 개를 데리고 있었다. 그들이 함께 다니는 걸 본 지도 8년이나 된다. 그 스패니얼은 습진처럼 보이는 피부병 때문에 털이 거의 빠지고 온몸이 반점과 갈색 딱지투성이었다. 좁은 방 안에서 단둘이서만 살아온 때문인지 살라마노 영감은 끝내 그 개를 닮아 버렸다. 그는 얼굴에 불그스름한 검버섯이 폈고 노란 머리는 성겨졌다. 개 역시 주인의 구부정한 자세를 본받아 주둥이를 앞으로 내밀고 목을 뻣뻣하게 세우고 다녔다. 그들은 마치 같은 종인 듯 보이면서도 서로를 미워했다. 오전 11시와 오후 6시, 하루 두 번, 영감은 개를 산책 시켰다. 8년 전부터 산책 코스가 바뀐 적은 한 번도 없었다. 리옹 가를 따라 걷는 그들을 볼 수 있었는데, 개가 끌어당기는 통에 영감은 끈에 발이 걸려 넘어질 뻔하기도 했다. 그럴 때마다 그는 개를 때리며 욕설을 퍼부었다. 그러면 개는 무서워서 설설 기며 끌려갔다. 그때부터는 영감이 개를 끌고 갈 차례인데, 개가 조금 전 일을 까맣게 잊고 다시 제 주인을 끌어당기면 또 매를 맞고 욕설을 들었다. 그때는 둘이 다 보도에 멈춰 서서 개는 공포에 떨고 주인은 증오에 떨면서 서로를 응시하는 것이었다. 매번 그 모양이었다. 오줌을 싸고 싶어도 영감은 그럴 시간을 주지 않고 끌어당기니까 스패니얼은 오줌 방울을 질금거리며 따라갈 수밖에 없었다. 그러다 방 안에서 오줌을 싸게 되면 또 매를 맞았다. 그렇게 지낸 것이 8년째였다. 셀레스트는 언제나 "불행한 일이지"라고 말했지만, 실제 속사정은 누구도 모르는 일이었다. 내가 층계에서 마주쳤을 때도 살라마노는 개에게 욕설을 퍼붓는 중이었다. "빌어먹을 놈! 망할 자식!" 개는 끙끙거렸다. 내가 "안녕하세요" 하고 인사를 해도 그는 개에게 계속해서 욕설을 퍼붓기만 했다. 그래서 나는 그에게 개가 무슨 짓을 했느냐고 물었다. 그는 답하지 않았다. 단지 "빌어먹을 놈! 망할 자식!"만 내뱉었다. 그는 개 위로 몸을 굽히고 목줄의 무언가를 손보는 것 같았다. 나는 좀더 큰 목소리로 말을 걸었다. 그제야 그는 고개도 돌리지 않고 억지로 화를 참아 내고 있는 듯한 목소리로 "안 가고 이러고 있잖수" 했다. 그러고는 개를 잡아끌며 가 버렸다. 개는 네 발로 버틴 채 끙끙거리며 끌려가고 있었다.

　바로 그때 같은 층의 다른 이웃이 들어왔다. 동네에서, 사람들은 그가 여자들로 먹고산다고 했다. 하지만, 그에게 직업을 물으면, "창고지기"라고 했다. 대체로 그를 좋아하는 사람은 거의 없었다. 그러나 그는 자주 내게 말을 걸었고, 내가 그의 말을 들어주었기 때문에 가끔은 내 집에 들르기도 했다. 나는 그가 하는 말들을 흥미롭게 받아들였다. 무엇보다 그와 말을 하지 않을 하등의 이유가 없었다. 그의 이름은 레몽 생 테스다. 그는 키가 꽤 작은 편이고, 떡 벌어진 어깨에 권투 선수 같은 코를 하고 있다. 그는 항상 옷을 매우 단정하게 입었다. 그 역시 내게 살라마노에 관해서 말할 때는, "불행한 일이 아니겠소!"라고 했다. 그는 내게 혐오스럽지는 않냐고 물었고 나는 아니라고 대답했다.

우리는 층계를 올라왔고 내가 막 떠나려 할 때 그가 내게 말했다. "우리 집에 순대와 와인이 좀 있소. 괜찮다면 같이 하고 싶은데?" 나는 그러면 요리를 하지 않아도 되겠다고 생각해서 제안을 받아들였다. 그 역시 창 없는 부엌이 딸린 방 하나를 쓰고 있었다. 그의 침대 머리맡에는, 흰색과 분홍색의 천사 석고상이 놓여 있었고, 몇 장의 유명 운동선수 사진과 여자 나체 사진 두세 장이 붙어 있었다. 방 안은 지저분했고 침대는 헝클어져 있었다. 그는 우선 석유램프에 불을 붙인 후, 주머니에서 더럽혀진 붕대를 하나 꺼내 오른손을 싸맸다. 나는 그에게 무슨 일이 있었느냐고 물었다. 그는 시비를 걸어 온 어떤 자와 싸움을 벌였다고 말했다.

"당신은 이해할 거요, 뫼르소 씨." 그가 내게 말했다. "내가 못된 건 아닌데, 좀 급해요. 그자가 내게 '네가 남자라면 전차에서 내리지.' 그럽디다. 나는 그에게 '어이, 그만 하지.' 했소. 그가 나보고 남자가 아니랍디다. 그래서 내렸고 그자에게 그랬어요. '됐나, 이쯤 해두지, 아니면 가만 안 둘 거야.' 그가 '어쩔 건데?' 묻더군요. 그래서 한 방 먹인 겁니다. 그가 쓰러졌죠. 나는, 막 일으켜 세워 주려 했어요. 하지만 그가 땅바닥에서 나를 찹디다. 그래서 무릎으로 한 방 먹인 뒤 두 번 냅다 갈겨 버렸지. 그자의 얼굴에서 피가 흘렀소. 나는 그자에게 계산이 서느냐고 물었죠. 그자가 '그렇다'고 합디다."

그 와중에, 생테스는 줄곧 붕대를 감고 있었다. 나는 침대에 걸터앉아 있었다. 그가 내게 말했다. "보다시피 내가 그를 찾았던 게 아니오. 그자가 나를 보고 싶어 했던 거지." 그것은 사실이었고 나는 그것을 인정했다. 그러고 나서 그는 내게 이런 경우에 관해 조언을 듣고 싶었다며, 나는 인생을 아는 남자이니 자신을 도와줄 수 있을 것이고 그러고 나서 친구가 될 수 있을 것이라고 말했다. 나는 아무 말도 하지 않았는데, 그는 다시 내게 자신의 친구가 되고 싶은지를 물었다. 나는 아무래도 상관없다고 대답했고 그는 만족해하는 눈치였다. 그는 약간의 순대를 꺼내, 팬에 구우며, 잔과 접시, 식기, 그리고 와인 두 병을 늘어놓았다. 모든 것이 침묵 속에 행해졌다. 그러고 나서 우리는 자리를 잡고 앉았다. 음식을 먹는 동안, 그는 자신의 이야기를 하기 시작했다. 처음에는 조금 망설이는 눈치였다. "나는 한 여자를 알았는데…… 말하자면 내 정부였소." 그가 싸운 남자가 이 여자의 오빠였다. 그는 내게 자기가 그녀의 생계를 유지해주었다고 말했다. 나는 아무 대답도 하지 않았고 그럼에도 그는 즉시 동네에서 자기를 두고 뭐라고들 하는지 알고 있지만, 자신은 양심에 거리낄 게 조금도 없으며 자기는 창고지기라고 덧붙였다.

"내 이야기로 돌아가자면," 그는 내게 말했다. "나는 거기에 뭔가 야로가 있다는 걸 깨닫게 된 거요." 그는 여자에게 단지 살아갈 수 있는 만큼의 돈을 주어 왔다. 빌린 방세를 내주고 식대로 하루 20프랑씩을 주었다. "방세 300프랑, 식대 600프랑, 이따금 스타킹도 사주고 해서, 한 천 프랑 들었소. 우리 마나님은 일은 않했소. 그러면서 너무 빠듯해서, 내가 주는 것만으론 관계를 지속할 수 없겠다고 하더군. 그래서 내가 말했소. '너는 왜 반나절이라도 일을 하지 않나? 이 모든 자잘한 것들의 부담을 덜어줄 수 있을 텐데. 이달에도 네게 옷을 한 벌 사줬고, 하루 20프랑을 주고 방세도 내줬지. 그런데 너는 오후면 친구들과 커피를 마셔. 너는 그들에게 커피와 설탕을 주고 있는 거야. 나는 네게 돈을 대주고 말야. 나는 잘해주었는데 너는 못되게 되돌려주고 있는 거라구.' 하지만 그 여자는 일을 하지 않았고, 언제나 이렇게 계속 갈 수는 없다고만 해댔소. 나는 순간 거기에 야로가 있다는 걸 깨닫게 된 거요."

그는 그러고 나서 내게 그 여자의 지갑에서 복권을 한 장

발견했던 일과 그녀가 그것을 어떻게 샀는지를 설명하지 못하던 일을 들려줬다. 얼마 지나지 않아, 그는 여자의 방에서 팔찌 두 개를 저당 잡혔다고 증명하는 전당포 '물표'를 발견했다. 그때까지, 그는 그 팔찌들의 존재에 대해 알지 못했다. "나는 거기에 야로가 있다는 걸 알게 된 거요. 그래서, 나는 그 여자와 헤어졌소. 하지만 우선 여자를 때려 주었지. 그러고 나서, 진실을 말해 줬소. 단지 네가 원했던 건, 나와 그 짓을 즐기는 것뿐이었다고 말이오. 이해할 거요. 뫼르소 씨, 그 여자에게 말했소, '내가 네게 준 행복을 세상이 질투하는 걸 모르는 거냐. 네가 누렸던 게 행복이라는 걸 나중에 알게 될 거다.'"

그는 피가 날 정도로 여자를 때렸다. 이전에는, 여자를 때린 게 아니었다. "내가 쳐대긴 했소, 하지만 그건 말하자면 민감하게 정을 나눈 겁니다. 그 여자는 조그맣게 소리를 질러댔지. 그건 내가 덧문을 닫아 버리면 언제나 그냥 끝나는 일이었소. 하지만 이번엔, 심했소. 그래도 나로서는, 그 여자를 충분히 벌하지 못했다고 생각해요." 그는 그러면서 그런 이유로 조언이 필요하다고 말했다. 그는 검게 그을린 램프의 심지를 조절하느라 말을 중단했다. 나로서는 여전히 귀를 기울이고 있었다. 와인을 거의 1리터나 마셔서 관자놀이가 화끈 달아올랐다. 나는 내 것이 떨어져서 레몽의 담배를 피웠다. 마지막 전차가 지나가면서 인근의 소음들을 싣고 떠났다. 레몽은 계속했다. 그를 신경 쓰이게 하는 것은, "여전히 그 여자와 섹스를 하고 싶은 감정이 남았다"는 것이었다. 하지만 그는 여자를 벌주길 원했다. 그는 우선 그 여자를 호텔로 데려가서 "풍기단속반"을 불러서 몸을 팔려 했다고 매춘부로 등록되게 할까를 고려했었다. 그러고 나서는, 뒷골목의 친구들과 상의했었다. 레몽이 지적한 바로, 뒷골목에서라면 형벌이 존재할 거라고 보았던 것인데, 그들은 방법을 찾지 못했다. 그가 사정을 말하자, 그들은 여자에게 '낙인을 찍자'고 제안했다. 하지만 그것은 그가 원하는 바가 아니었다. 그는 숙고해 볼 참이었다. 그는 그전에 내게 무언가를 요청하고 싶어 했다. 거기다 내게 그걸 요청하기 전에, 이 이야기에 대해 내 생각이 어떤지를 알고 싶어 했다. 나는 별생각이 없지만 흥미롭긴 하다고 답했다. 그는 내가 보기에도 거기에 야로가 있었던 것 같냐고 물었고, 나는 그에 대해 야로가 있었던 것처럼 여겨진다고 답했다. 만약 우리가 여자를 벌해야 한다면 그의 입장에서, 나라면 어쩌겠느냐는 물음엔, 나는 방법은 모르겠다고 말했다. 하지만 그가 그녀를 벌하고 싶어 하는 것은 이해한다고 말했다. 나는 다시 와인을 조금 마셨다. 그는 담배에 불을 붙이고는 내게 자신의 생각을 밝혔다. 그는 "걷어차 버리겠다는 뜻과 함께 그 여자가 후회하게 만들 내용이 동시에 담긴"

편지 한 통을 그 여자에게 보내고 싶어 했다. 그런 다음, 그 여자가 돌아오면, 함께 그 짓을 하고 "막 끝날 때쯤" 얼굴에 침을 뱉고 쫓아내 버리겠다는 것이었다. 내가 보기에 실제로, 그런 식이라면, 여자에게 벌을 주는 방법을 찾은 것 같았다. 하지만 레몽은 내게 자신은 그만한 편지를 쓸 수 있는 감정을 가지고 있지 못하다는 것과 그것을 써 달라고 할 요량으로 나를 생각했다고 말했다. 내가 아무 말도 하지 않자, 그는 혹시 그것을 당장 하는 게 성가시냐고 물었고 나는 아니라고 대답했다.

그러고 나서 그는 와인 한 잔을 마신 후에 일어섰다. 접시들과 먹다 남은 식은 순대 조각들을 옆으로 밀쳤다. 그리고는 세심하게 테이블을 행주로 닦았다. 그는 침대 머리맡 탁자의 서랍에서 모눈종이 한 장과 노란 봉투, 붉은 나무로 된 작은 펜대, 네모난 보랏빛 잉크병을 꺼냈다. 그가 그 여자의 이름을 말했을 때, 나는 그녀가 무어인이라는 것을 알았다. 나는 편지를 썼다. 그냥 되는대로 쓰긴 했지만, 레몽을 만족스럽게 하지 않을 이유가 없었으므로 그가 만족하도록 하기 위해 나름 애썼다. 그러고 나서 나는 그 편지를 소리 내어 읽었다. 그는 담배를 물고 고개를 끄덕이며 귀를 기울이고 있었다. 그러고 나서 다시 한 번 읽어 달라고 요청했다. 그는 매우 만족해했다. 그는 내게 말했다. "나는 네가 인생을 알 거라는 걸 알고 있었어." 나는 처음엔 그가 내게 반말을 하고 있다는 걸 인식하지 못했다. 그가 내게 공공연히 "이제, 자넨 진짜 친구네"라고 했을 때에야 비로소, 그것은 내게 강한 인상을 안겨 주었다. 그는 그 구절을 되풀이했고 나는 "그래"라고 말했다. 내가 그의 친구이든 아니든 내겐 문제될 게 없었지만, 그는 정말로 나와 친구가 되길 갈망하는 것처럼 보였다. 그는 그 편지를 봉했고 우리는 와인 마시는 것을 끝냈다. 그러고 나서 우리는 한동안 아무 말도 하지 않고 담배를 피웠다. 밖은, 모든 게 고요했고, 우리는 지나는 차들의 미끄러지는 소리를 들었다. "늦었군" 하고 내가 말했다. 레몽 역시 같은 생각이었다. 그는 시간이 빠르게 지난다고 말했는데, 어떤 의미에서, 그것은 진실이었다. 나는 졸음이 밀려왔지만, 일어나기가 힘들었다. 나는 지쳐 보였던 게 틀림없다. 레몽이 내게 자포자기하면 안 되네, 하고 말했기 때문이다. 처음에, 나는 그 말을 이해하지 못했다. 그러자 그는 내게 엄마의 죽음에 대해 들었다며, 하지만 그건 언제고 일어날 일이었다고 말했다. 내 생각도 그랬다.

내가 일어서자, 레몽은 내 손을 힘주어 잡고는 남자끼리는 항상 서로를 이해하는 거라고 말했다. 그의 방을 나서, 나는 문을 닫고, 층계참의 어둠 속에 잠시 서 있었다. 건물은 조용했고, 층계 저 밑 깊은 곳으로부터 어둡고 습한 공기가 올라왔다. 나는 단지 귓전을 울리는 내 맥박 소리만 들을 수 있었을 뿐이었다. 나는 여전히 꼼짝 않고 있었다. 살라마노 영감 방에서, 개가 나지막이 끙끙거리고 있었다.

IV

나는 일주일 내내 만족스레 일했고, 레몽이 찾아와서는 그 편지를 보냈다고 말했다. 나는 스크린 위로 지나는 것을 항상 이해하지 못하는, 에마뉘엘과 영화를 두 번 보러 갔다. 그래서 그에게는 설명을 해주어야만 했다. 어제는 토요일이었고, 우리가 약속한 대로 마리가 왔다. 나는 몹시 욕정을 느꼈는데, 그녀가 붉고 흰 줄무늬가 있는 아름다운 원피스에 가죽 샌들을 신고 있었기 때문이다. 그녀의 단단한 가슴을 볼 수 있었고 햇볕은 그녀의 얼굴을 꽃처럼 보이게 만들어두고 있었다. 우리는 버스를 타고 알제에서 몇 킬로미터 떨어진, 바위로 둘러싸여 육지 쪽으로 갈대가 우거진 해변으로 나갔다. 오후 4시의 태양은 크게 뜨겁지는 않았지만, 물은 미지근했고, 파도는 길게 게으른 잔물결을 빚어냈다. 마리가 게임 하나를 가르쳐 주었다. 그것은 헤엄을 치면서, 파도 마루의 물을 들이마셔야 했는데, 그 거품을 모두 입에 모았다가, 허공에 대고 뿜어 대는 것이었다. 그러면 거품으로 된 레이스가 만들어지면서 허공으로 흩어지기도 하고, 미지근한 보슬비가 되어 얼굴 위로 떨어지기도 했다. 하지만 잠시 후에, 소금기로 입안이 얼얼해졌다. 마리가 따라와서는 물속에서 내게 몸을 밀착시켰다. 그녀는 자신의 입술을 내 입술에 대었다. 그녀의 혀가 내 입술을 서늘하게 해주는 가운데 우리는 얼마간 파도에 몸을 맡기고 있었다.

우리가 해변에서 옷을 입었을 때, 마리가 맑은 눈으로 나를 바라봤다. 나는 그녀에게 키스했다. 그 순간부터, 우리는 더 이상 아무 말도 하지 않았다. 나는 그녀를 꼭 껴안고 서둘러 버스를 찾았고, 내 집으로 되돌아와서는 침대 위로 몸을 던졌다. 나는 창문을 열어 두었었는데 여름밤이 우리의 갈색 몸뚱이 위로 기분 좋게 흘렀다.

아침에, 마리가 머물러 있어서 나는 점심을 함께하자고 말했다. 나는 고기를 좀 사러 내려갔다. 올라오는 길에, 나는 레몽의 방에서 흘러나오는 여자 목소리를 들었다. 곧이어, 살라마노 영감이 개를 다그치는지, 구두창 소리와 나무 계단을 긁는 소리, 이어 "빌어먹을 놈! 망할 자식!" 하는 소리가 들렸고, 그들은 거리로 나갔다. 내가 마리에게 영감에 대한 이야기를 해주자 그녀가 웃었다. 그녀는 내 파자마 소매를 말아 올려 입고 있었다. 그녀가 웃었을 때, 나는 다시 그녀를 원했다. 잠시 후에, 그녀는 내게 자기를 사랑하는지를 물었다. 나는 그건 아무 의미가 없지만, 그런 것 같지는 않은 것 같다고 대답했다. 그녀는 슬퍼 보였다. 그러나 점심을 준비하는 동안, 또 아무것도 아닌 일에 그녀가 다시 웃었고 나는 그녀에게 키스했다. 바로 그때 레몽의 방에서 다투는 듯한 소음이 발생했다.

먼저 고음의 여자 목소리가 났고 그에 더해 레몽이 말했다. "보고 싶었어, 보고 싶었어. 얼마나 보고 싶었는지 가르쳐주지." 약간의 소음이 나고 여자가 울부짖긴 했지만, 그런 소름돋는 방식이 즉시 층계참에 사람들을 모여들게 했다. 마리와 나 역시 나갔다. 여자는 여전히 울부짖었고, 레몽은 여전히 쳐댔다. 마리가 심하다고 했고, 나는 답하지 않았다. 그녀는 내게 순경을 부르자고 청했지만, 나는 순경을 좋아하지 않는다고 말했다. 그렇지만, 두 번째 집의 입주자인 배관공이 경찰 한 사람과 나타났다. 그가 문을 두드렸고 더 이상 아무 소리도 들리지 않았다. 그가 더 세게 두드리자 잠시 후, 여자가 울었고 레몽이 문을 열었다. 입에 담배를 물고 있는 그는 들큰하게 상기되어 보였다. 여자가 문을 밀치고는 순경에게 레몽이 자신을 때렸다고 말했다. "당신 이름." 순경이 물었다. 레몽이 답했다. "내게 말하는 중엔 입에서 담배 빼" 순경이 말했다. 레몽이 망설이다. 나를 보고는 담배를 한 모금 빨았다. 그 순간, 순경이 두껍고 육중한 손바닥으로 그의 살찐 뺨을 냅다 후려쳤다. 담배가 몇 미터 밖으로 떨어졌다. 레몽의 안색이 바

꿰었지만 그는 잠깐 아무 말도 하지 않다가는 공손한 목소리로 담배꽁초를 주워도 되겠느냐고 물었다. 순경은 그래도 된다고 덧붙였다. "하지만 다음엔, 순경이 허수아비가 아닌 걸 알아야 될 거야." 한편, 여자는 눈물을 흘리며 되풀이했다. "이 사람이 나를 때렸어요. 이 사람은 메크호(maquereau:고등어,기둥서방을 가리키는 은어)예요." "순경 나리." 그러자 레몽이 물었다. "참나, 사람에게 고등어라니 그런 게 법에 나와 있소?" 하지만 순경이 "입 다물어." 하고 정리했다. 레몽이 그러자 여자를 향해 돌아서서는 말했다. "기다려, 자기, 또 보자구." 순경은 입 다물라고 하고, 여자는 떠나도록 했고 그에게는 경찰서의 소환이 있을 때까지 집에 있으라고 했다. 그는 레몽에게 그처럼 몸을 떨 정도로 취했으면 부끄러운 줄 알라고 덧붙였다. 순간, 레몽이 말했다. "나는 취하지 않았소, 순경 나리. 그저, 당신 앞이라 그런 거고, 내가 떤 것도 그런 척 한 거지." 그는 문을 닫았고 모든 사람들이 떠났다. 마리와 나는 점심 준비를 마쳤다. 하지만 그녀는 먹고 싶어 하지 않았고, 내가 거의 전부를 먹었다. 그녀는 1시에 떠났고 나는 잠깐 잠을 잤다.

3시경, 누군가 내 집 문을 두드렸고, 레몽이 들어왔다. 나는 그대로 누워 있었다. 그는 침대 모서리에 걸터앉았다. 그는 한동안 말없이 머물렀고, 나는 어떻게 된 일이냐고 물었다. 그는 내게 자신은 원하는 대로 했는데, 그 여자가 자신의 따귀를 쳐서 때리게 되었다고 말했다. 나머진, 내가 본 대로였다. 나는 그에게, 내가 보기에 이제 그 여자도 벌을 받은 거 같고, 그도 만족했겠다고 말했다. 그는 자신도 그렇게 생각한다며, 경찰이 무엇을 하든 간에, 그 여자에게 전할 건 전했다는 사실에는 변함이 없다고 말했다. 그는 경찰에 대해 뭐든 알고 있고 그들을 어떻게 다뤄야 하는지도 안다고 덧붙였다. 그러면서 그는 혹시 자신이 경찰의 따귀에 대응하기를 기대했느냐고 물었다. 나는 어떤 것도 기대하지 않았으며 나도 경찰을 좋아하지 않는다고 대답했다. 레몽은 매우 흡족해했다. 그는 자신과 외출하겠느냐고 물었다. 나는 일어나서 머리를 빗기 시작했다. 그는 내게 증인이 되어 주었으면 한다고 말했다. 나는 그건 상관없는 일이지만, 무슨 말을 해야 할지 몰랐다. 레몽에 따르면, 그 여자를 그가 보고 싶어 했다고만 진술해 주면 충분하다는 것이었다. 나는 증인이 되어 달라는 그의 뜻을 받아들였다.

우리는 밖으로 나왔고 레몽은 내게 코냑을 사주었다. 그러고 나서 그는 당구를 치러 가고 싶어 했고 내가 근소한 차이로 졌다. 그는 사창가에 가고 싶어 했지만, 나는 그런 것을 좋아하지 않았기에 가지 않겠다고 했다. 그래서 우리는 천천히 집으로 돌아왔고 그는 자신의 여자를 성공적으로 벌한 것에 대해 얼마나 만족하는지를 말했다. 나는 그가 매우 친밀하게 나를 대한다고 여겼고 즐거운 한때였다고 생각했다.

멀리에서, 나는 출입구 앞에서 불안에 떨고 있는 듯한 살라마노 영감을 보았다. 우리가 가까이 갔을 때, 나는 그의 개가 보이지 않는다는 것을 알아차렸다. 그는 사방을 두리번거리며, 제자리를 맴돌았고, 어두운 통로를 뚫어지게 쳐다보며, 알아들을 수 없는 혼잣말을 중얼거리다가 다시 충혈된 작은 눈으로 길가를 훑어보기 시작했다. 레몽이 그에게 무슨 일이냐고 물었을 때, 그는 바로 대답하지 않았다. 나는 그가 "비열한 놈, 못된 놈" 하고 웅얼거리는 것을 어렴풋이 들었는데, 그는 계속해서 분주히 움직였다. 나는 개가 어디 갔느냐고 그에게 물었다. 그는 즉각 그것이 사라졌다고 대답했다. 그러고 나서 갑자기, 그는 쉴 새 없이 말을 쏟아 내기 시작했다. "평소처럼, 그놈을 마뇌브 광장에 데려갔었죠. 노점의 가건물 주변으로, 사람들이 많았어요. 나는 '탈주왕' 공연을 보느라 멈춰 섰었소. 그리고 떠나려고 하니까 더 이상 그놈이 거기에 없었던 거요. 물론, 오래전부터 좀 작은 목걸이를 사주고 싶었는데. 하지만 이 못된 놈이 이렇게 떠나 버릴 거라곤 생각지 못했지 뭐요."

레몽이 그런 중에 개가 길을 잃어버렸을 수도 있고 그러니 다시 돌아올 거라고 그에게 말해주었다. 그는 주인을 찾아 수십 킬로미터 길을 걸어온 개들을 예로 들었다. 그럼에도 불구하고, 영감은 더 불안에 사로잡힌 듯했다. "하지만 그자들이 내게서 그놈을 빼앗아 갈 거요. 이해하시죠? 만약 누구라도 그놈을 거두어 준다면야 좋은 일이지. 하지만 그게 불가능한 게, 모두가 그놈의 부스럼을 혐오스러워 할 거요. 경찰들이 그놈을 잡아갈 게, 확실해요." 나는 그에게 그러면 개는 동물보호소로 가게 될 테고 얼마간 수수료를 내면 돌려받을 수 있을 거라고 말했다. 그는 내게 수수료가 비싼지 어떤지를 물었다. 나는 알지 못했다. 그러자, 그가 화를 냈다. "그 못된 놈을 위해 돈을 내야 한다고. 하! 그냥 죽어 버리라지!" 그리고는 개에게 욕을 해대기 시작했다. 레몽이 웃더니 안으로 들어갔다. 나도 그 뒤를 따랐고 우리는 2층 층계참에서 헤어졌다. 잠시 후에, 나는 영감의 발소리를 들었고, 그가 내 집 문을 두드렸다. 문을 열자, 문간에서 잠시 기다리던 그가 말했다. "실례합니다. 실례합니다." 나는 안으로 들어오라고 권했지만, 그는 그러고 싶어하지 않았다. 그는 자신의 신발 끝만 바라보고 있었고 부스럼들로 덮인 손이 떨렸다. 나를 쳐다보지도 않고, 그가 물었다. "그들이 내게서 그놈을 빼앗아 가지는 않겠죠. 그렇죠, 뫼르소 씨. 그놈을 내게 돌려주겠죠. 안 그러면 어찌해야 하나요?" 나는 동물보호소에서는 주인이 찾아갈 수 있도록 사흘 동안 개를 보호하고 그 후에 적절한 조처를 취한다고 알려 주었다. 그는 나를 말없이 바라보았다. 그러고는 내게

"좋은 저녁 되세요" 하고 인사했다. 그가 그의 집 문을 닫았고 나는 그가 방안에서 오가는 소리를 들었다. 그의 침대가 삐걱거렸다. 그리고 벽을 통해 들려온 작고 기묘한 소리로, 나는 그가 울고 있다는 것을 깨달았다. 무슨 이유에선지 모르겠지만 나는 엄마를 떠올렸다. 하지만 나는 다음 날 아침 일찍 일어나야만 했다. 나는 배가 고프지도 않아서 저녁도 먹지 않고 잠자리에 들었다.

V

레몽이 사무실로 전화를 걸어 왔다. 그는 내게 그의 친구들 중 한 명이 알제 인근에 있는 그의 작은 별장에서 일요일을 함께 보내자고 나를 초대했다고 말했다(그에게 나에 관해 얘기했다고 한다). 나는 그러고 싶지만, 그날 여자친구와 함께 시간을 보내기로 약속했다고 대답했다. 레몽은 즉시 그녀 또한 초대하겠다고 말했다. 친구 부인이 남자들 사이에서 혼자가 아닌 게 되니 무척 행복해할 거라면서.

나는 사장이 시내에서 우리에게 걸려 오는 전화를 좋아하지 않는다는 걸 알고 있었기에 즉시 끊으려 했다. 하지만 레몽은 내게 기다리라며 이 초대 건에 대해서는 저녁에 전해도 되었지만, 다른 걸 알려 주고 싶었다고 말했다. 그는 하루 종일 아랍인 패거리들에게 미행을 당했는데, 개중에는 이전 여자의 오빠가 끼어 있다는 것이었다. "자네가 오늘 저녁 집에 도착했을 때 근처에서 그들을 보면 내게 좀 알려 주게." 나는 알겠다고 말했다.

잠시 후, 사장이 나를 불러서 나는 순간적으로 짜증이 났는데, 그가 내게 전화 통화를 삼가고 좀더 일을 하라고 할 것으로 생각했기 때문이다. 결코 그건 아니었다. 그는 아직은 매우 불분명한 계획 하나에 대해 내게 말하는 거라고 밝혔다. 그는 단지 그 문제에 대한 내 견해를 듣고 싶어 했다. 그는 파리에 사무실을 열어 그 지역 사업을 다루고, 큰 회사들과 직접 거래할 생각인데, 내가 갈 의향이 있는지를 알고 싶어 했다. 이 일은 내가 파리에서 살게 되는 것이고 또한 연중에 여행을 할 수 있게 된다는 것을 의미했다. "당신은 젊고, 이건 당신을 기쁘게 할 삶일 것 같은데." 나는 고맙긴 하지만 내게는 기본적으로 별 차이가 없다고 말했다. 그는 내게 삶에 변화를 주는 데 관심이 없느냐고 물었다. 나는 사람들은 결코 삶을 바꿀 수 없다고, 어떤 경우의 삶이든 전부 같으며, 여기서의 내 삶도 결코 불만스럽지 않다고 말했다. 그는 불만스러운 표정으로, 나는 언제나 논점을 벗어나 대답하고, 야망도 없어서, 사업을 하기에는 대단히 좋지 않다고 내게 말했다. 그러고 나서 나는 일하기 위해 자리로 돌아왔다. 그의 뜻을 거스르지 않았더라면 더 좋았겠지만, 나는 내 삶을 바꾸어야 할 이유를 알지 못했다. 되돌아보아도, 나는 불행하지 않았다. 학창시절엔, 나도 그 같은 야망이 많았다. 하지만 학업을 포기해야만 했을 때, 나는 그 어떤 것도 중요하지 않다는 것을 금방 깨달았다.

저녁에, 마리가 나를 찾아와서는 자기와 결혼하고 싶은지를 물었다. 나는 상관없다고 그녀가 원한다면 할 수 있다고 대답했다. 그녀는 그러자 내가 자기를 사랑하는지 알고 싶어 했다. 나는 전에 말한 것처럼, 어떤 의미도 없지만 아마 사랑하는 것 같지는 않다고 대답했다. "그런데 왜 나랑 결혼 하지?" 하고 그녀가 말했다. 나는 그녀에게 그건 별로 중요한 게 아니며, 그녀가 원한다면 결혼할 수 있다는 거라고 설명했다. 게다가, 요청한 사람은 그녀고 나는 흔쾌히 그러자고 말한 거라고. 그녀는 그러자 결혼은 진지한 일이라고 지적했다. 나는 "아니야"라고 대답했다. 그녀는 한동안 침묵하며 조용히 나를 바라보았다. 그러고 나서 그녀는 말했다. 그녀는 다만 내가 같은 방식으로 알게 된, 다른 여자로부터 같은 제안을 받는다면 받아들일 것인지를 알고 싶어했다. 나는 "당연히"라고 대답했다. 그러자 그녀는 자신도 나를 사랑하는 건지 알고 싶어 했는데, 나로서는 그에 관해서는 알 수 없는 것이었다. 또다시 잠깐의 침묵이 흐른 뒤에, 그녀는 내가 묘하다고, 아마 그 때문에 나를 사랑하지만, 어쩌면 언젠가는 바로 그 같은 이유로 내가 싫어질 수도 있을 거라고 중얼거렸다. 내가 덧붙일 말이 없었기에 잠자코 있자, 그녀는 내 팔을 잡고 웃으며 나와 결혼하고 싶다고 말했다. 나는 그녀가 원하는 이상 우리는 할 수 있다고 답했다. 나는 그러고는 사장의 제안에 관해 말했고 마리는 내게 파리에 대해 알고 싶다고 말했다. 나는 한때 그곳에 살았다고 말했고 그녀는 내게 어땠느냐고 물었다. 나는 그녀에게, "지저분해. 비둘기들과 어두운 궁전뜰이 있어. 사람들 피부는 허여멀건 하고."라고 말했다.

그런 다음 우리는 걸었고 큰길을 따라 시내를 가로질러 갔다. 여자들이 아름다웠고 나는 마리에게 알아차렸는지를 물었다. 그녀는 그렇다며 나를 이해한다고 말했다. 잠시 동안, 우리는 더 이상 말하지 않았다. 나는 그럼에도 그녀가 나와 함께 있길 원해서 그녀에게 셀레스트네 식당에 가서 저녁을 함께 먹자고 말했다. 그녀는 그러고 싶어 했지만 할 일이 있었다. 우리는 집 근처에 이르렀고 나는 그녀에게 또 보자고 말했다. 그녀가 나를 바라봤다. "내가 해야 할 일이 뭔지 알고 싶지 않아?" 나는 알고 싶었지만, 그에 관해 생각지 않던 것인데, 그녀가 나를 비난하고 있는 것처럼 여겨졌다. 그때, 당혹스러워하는 내 앞에서, 그녀는 다시 웃었고 나를 향해 몸 전체를 기울여서 그녀의 입술을 내밀었다.

나는 셀레스트네 식당에서 저녁을 먹었다. 내가 막 먹기 시작했을 때 작고 묘한 여자 한 명이 들어와 내 테이블에 앉아도 되겠느냐고 물었다. 당연히, 그래도 된다고 했다. 그녀는 작은 사과 같은 얼굴에 경쾌한 몸짓과 빛나는 눈을 하고 있었다. 그녀는 재킷을 벗고 앉더니 메뉴판을 열렬히 살폈다.

그녀는 셀레스트를 부르더니 즉시 정확하면서도 서두는 목소리로 자기가 먹을 음식 전부를 한꺼번에 주문했다. 전채요리를 기다리는 동안, 그녀는 가방을 열고 메모지와 펜을 꺼내 미리 금액을 합산해 보더니, 조끼 주머니에서 팁까지 더한 정확한 액수를 꺼내 자기 앞에 올려놓았다. 그때쯤, 그녀의 전채요리가 나왔고, 그녀는 그것을 매우 빠르게 먹어 치웠다. 다음 음식을 기다리는 동안, 그녀는 자신의 가방에서 파란 펜 하나와 한 주간의 라디오 프로그램이 실린 잡지 한 권을 꺼냈다. 세심한 주의를 기울여, 그녀는 거의 모든 프로그램을 하나하나 체크했다. 잡지가 십수 페이지에 달해서, 그녀는 음식을 먹는 내내 그 작업을 꼼꼼히 계속했다. 나는 이미 식사를 끝냈고 그녀는 여전히 같은 방식을 고수 하고 있었다. 그런 다음 그녀는 일어나서 똑같이 정확하고 기계적인 몸짓으로 자신의 재킷을 다시 입고는 떠났다. 딱히 할 일이 없었으므로 나도 나가 한동안 그녀를 따라갔다. 그녀는 보도의 가장자리를 따라, 믿기 힘든 속도와 정확한 걸음걸이로 한 번도 비켜서거나 주위를 둘러보는 일 없이 제 갈 길을 갔다. 나는 결국 그녀를 시야에서 놓치고 발걸음을 돌려야 했다. 나는 그녀가 묘한 여자라고 생각했지만, 아주 빠르게 잊어버렸다.

내 방문 앞에서, 나는 살라마노 영감을 발견했다. 나는 그를 데리고 들어왔고 그는 동물보호소에도 없는 걸 보니 개를 잃어버린 게 확실한 것 같다고 말했다. 직원들은 그에게, 틀림없이, 개는 차에 치였을 거라고 했다. 그는 경찰서에서 그걸 확인할 수 있는지를 물었다. 그들은 그에게 그런 일은 매일같이 일어나는 일이라 그런 흔적은 남겨두지 않는다고 말했다. 나는 살라마노 영감에게 다른 개를 구할 수도 있지 않겠느냐고 했지만, 자신은 그 개에 길들어 있는 것이라고 말했는데 그가 옳은 것이었다.

나는 침대 위에 웅크리고 있었고, 살라마노는 테이블 앞 의자에 앉아 있었다. 그는 두 손을 무릎 위에 얹고 나를 마주 보고 있었다. 낡은 펠트 모자를 쓴 채였다. 그는 누렇게 된 콧수염 아래로 분절된 말들을 중얼거리고 있었다. 조금 신경이 거슬렸지만, 달리 할 일이 없었고, 졸리지도 않았다. 무슨 말이라도 해야 했기에, 나는 그의 개에 대해 물었다. 그는 아내가 죽은 후에 그것을 얻었다고 했다. 그는 꽤 늦게 결혼을 했다. 젊었을 때, 그는 연극을 하고 싶었다. 군에 있을 때는 군대 보드빌에서 연기를 하기도 했다. 그러나 결국 철도국에 들어갔지만, 그로 인해 지금까지 약간의 연금을 받고 있으니, 그것을 후회하지는 않는다고 했다. 그는 아내와 행복했다고 할 수는 없었지만, 그녀에게 잘 길들여져 조화를 이루었다. 그녀가 죽자, 그는 매우 외로움을 느꼈다. 그리하여, 그는 직장 동료에게 개 한 마리를 부탁했고, 매우 어린 그것을 얻게 되었다. 그는 젖병으로 그것을 먹여야 했다. 그러나 개는 사람보다 덜 살았으므로 그들은 함께 늙어 가며 삶을 마쳐 가는 중이었다. "그놈 성질이 못돼서, 우리는 때때로 다투긴 했죠." 그가 내게 말했다. "그래도 그놈은 좋은 개였다오." 내가 혈통이 좋은 개였다고 말해 주자, 살라마노는 만족해 보였다. "게다가," 그는 덧붙였다. "댁은 병들기 전의 그놈에 대해 모를 거요. 그놈은 더 멋진 털을 가지고 있었다오." 개가 피부 질환을 앓았기에, 매일 밤낮으로, 살라마노는 피부 연고를 발라 주었다. 그러나 그에 따르면, 그것의 실제 병은, 노화였고, 노화는 치료될 수 없는 것이었다.

그때, 내가 하품을 했고, 노인은 자기는 가보겠다고 말했다. 나는 좀더 있어도 된다며, 그의 개에게 일어난 일이 걱정이라고 말했다. 그는 내게 고마움을 전했다. 그는 엄마가 자기 개를 매우 좋아했다고 말했다. 엄마에 대해 말하면서, 그는 엄마를 "댁의 가엾은 어머니"라고 불렀다. 그는 엄마가 돌아가시고 나서 내가 매우 불행했을 걸로 짐작한다고 말했고, 나는 답하지 않았다. 그러자 그가 당황한 기색으로 매우 빠르게, 동네 사람들이 어머니를 양로원에 보낸 일로 나를 안 좋게 여기는 걸 알고 있지만, 자기는 나를 알고, 내가 엄마를 많이 사랑한 거를 잘 안다고 말했다. 나는 아직도 왜 그랬는지 모르겠지만, 그 일로 사람들이 나를 안 좋게 여기고 있는 건 그때까지도 몰랐고. 엄마를 보살펴 드릴 돈을 충분히 가지고 있지 못했기에 양로원에 보내드리는 게 당연하게 여겨졌다고 답했다. "게다가." 나는 덧붙였다. "제게 아무 말도 하지 않으셨던 게 오래전부터였고, 스스로도 지루해하셨습니다." 그가 "그럼요." 하고 말했다. "또한 양로원에서는, 적어도, 친구들을 만들 수 있죠." 그러고 나서 그는 사과했다. 그는 잠자리 가고자 했다. 그의 생활은 이제 바뀌었고 그가 해야만 할 일도 확실치 않았다. 내가 그를 안 이후 처음으로, 그는 은근한 몸짓으로, 내게 손을 내밀었고 나는 그의 살갗을 느꼈다. 그는 살짝 웃고는 떠나기에 앞서 내게 말했다. "오늘 밤엔 개들이 짖지 않았으면 좋겠소. 나는 항상 그게 내 개라는 생각이 드니 말이오."

VI

　일요일에, 나는 잠을 깨기 힘들었는데 마리가 나를 흔들며 불렀다. 우리는 일찍 수영을 하고 싶었으므로 아무것도 먹지 않았다. 나는 완전히 텅 빈 느낌이었고 머리가 조금 아팠다. 담배가 쓴맛이 났다. 마리가 내게 "초상 치르는 얼굴"을 하고 있다며 놀려 댔다. 그녀는 흰색 면 원피스에 머리칼을 늘어뜨리고 있었다. 나는 그녀에게 아름답다고 했고, 그녀는 기뻐하며 웃었다.

　내려가면서, 우리는 레몽의 집 문을 두드렸다. 그는 우리에게 내려가겠다고 답했다. 대낮의 거리는, 내 피로와 더불어 덧창을 열어 두지 않았던 관계로 모르고 있었지만, 이미 가득 찬 햇볕이 내 뺨을 후려치기라도 하는 듯했다. 마리는 기쁨으로 깡충거리며 날씨가 좋다는 말을 되풀이했다. 나는 몸이 나아짐을 느꼈고, 그제야 배가 고프다는 것을 깨달았다. 마리에게 그 말을 하자 그녀는 우리의 수영복과 수건 한 장이 달랑 들어 있는 방수백을 열어 보였다. 나는 기다릴 수밖에 없었고 우리는 레몽이 그의 집 문을 잠그는 소리를 들었다. 그는 푸른 반바지에 흰색 짧은 소매 셔츠 차림이었다. 밀짚모자를 쓰고 있어서, 마리를 웃게 만들었고, 팔뚝은 검은 털 아래서 몹시 희었다. 나는 조금 역겨웠다. 그는 휘파람을 불며 내려왔고 몹시 만족스러워하는 분위기였다. 그는 내게 말했다. "안녕, 친구". 그리고 마리에게는 "아가씨" 하고 불렀다.

그 전날 우리는 경찰서에 갔고 나는 레몽이 그 여자를 "보고 싶어했다"고 증언했다. 그는 주의를 받고 나왔다. 그들은 내 주장을 체크하지 않았다. 문 앞에서, 우리는 레몽과 대화를 나누었고, 그러고 나서 버스를 타고 가기로 결정했다. 해변은 그리 멀지 않았지만, 조금이라도 더 빨리 갈 수 있었던 것이다. 레몽은 자신의 친구도 우리가 일찍 도착하는 걸 보면 만족해할 거라고 했다. 우리가 막 떠나려던 참에 레몽이 갑자기, 내게 길 맞은편을 보라는 시늉을 보냈다. 나는 한 무리의 아랍인들이 담배 가게 진열장에 기대어 서 있는 것을 보았다. 그들은 조용히, 하지만 그들만의 방식으로 마치 우리가 돌덩이나 죽은 나무라도 된다는 듯이 바라보고 있었다. 레몽이 내게 왼쪽에서 두 번째 사람이 그자라고 말했고, 걱정하는 눈치였다. 그럼에도 그는 이제 끝난 이야기라고 덧붙였다. 무슨 영문인지 전혀 몰랐던 마리가 우리에게 무슨 일이냐고 물었다. 나는 그녀에게 레몽에게 원한을 품은 아랍인들이라고 말했다. 그녀는 당장 떠나고 싶어 했다. 레몽이 몸을 곧추세우며 웃고는 서둘러야겠다고 말했다.

우리는 조금 떨어진 버스 정류장으로 향해 갔고 레몽이 아랍인들이 따라오지 않는다고 알려 주었다. 나는 뒤를 돌아보았다. 그들은 여전히 그 자리에 있었고 우리가 방금 떠나온 그곳을 여전히 무관심한 듯 바라보고 있었다. 우리는 버스를 탔다. 완전히 안심한 듯한 레몽은, 마리를 위해 농담을 멈추지 않았다. 나는 그가 그녀를 마음에 들어 한다고 느꼈지만, 그녀는 그에게 거의 응대하지 않았다. 이따금, 그녀는 웃으며 그를 바라보았을 뿐이었다.

우리는 알제의 교외에서 내렸다. 해변은 버스 정류장에서 멀지 않았다. 하지만 그곳은 바다가 내려다보이고 해변을 향해 내리뻗은 작은 고원 하나를 가로질러 가야 했다. 이미 짙게 푸르러진 하늘 아래 노르스름한 돌들과 새하얀 수선화들이 뒤덮여 있었다. 마리는 방수백을 크게 휘둘러 꽃잎들을 떨구어 내는 장난을 치고 있었다. 우리는 열 지어 서 있는 초록색과 흰색 담장의 작은 집들 사이로 걸어갔다. 어떤 것들은 베란다까지 타마리스크 이파리가 드리웠고, 어떤 것들은 바위 지대에 덩그러니 놓여 있었다. 고원의 끝에 도달하기도 전에, 이미 움직임 없는 바다와 더 멀리 맑은 물에 잠긴 육중한 곶#을 볼 수 있었다. 가벼운 모터 소리가 고요한 공기 속에서 들려왔고 작은 고깃배 한 척이 반짝이는 바다 위로 지각할 수 없을 만큼, 아득히 멀리 나아가고 있는 것을 보았다. 마리는 바위에서 붓꽃 몇 송이를 꺾었다. 바다로 내려가는 비탈에서 우리는 이미 해수욕을 하고 있는 몇몇 사람을 보았다.

레몽의 친구는 해변 끄트머리에 자리 잡은 작은 목조 별장에 머물고 있었다. 그 집은 바위들을 등지고 있었고, 전면에서 집을 떠받치고 있는 기둥들은 물속에 이미 잠겨 있었다. 레몽은 우리를 소개했다. 그의 친구는 마송이라고 불렸다. 큰 키에 육중한 몸과 어깨를 가진 그는 파리 억양을 쓰는 땅딸막하고 상냥한 아내와 함께 있었다. 그는 즉시 우리에게 편하게 머무르라며, 그날 아침에 낚은, 튀긴 생선이 있다고 말했다. 나는 그에게 집이 얼마나 아름다운지 모르겠다고 말했다. 그는 토요일 일요일과 휴일이면 내려와 지낸다고 대꾸했다. "아내와 함께, 우리는 만족스럽게 보내는 거지요." 하고 그는 덧붙였다. 때마침, 그의 아내는 마리와 함께 웃고 있었다. 아마 처음으로, 나는 결혼을 하는 일에 대해 진심으로 생각했던 것 같다.

마송은 수영 하러 가길 원했지만, 그의 아내와 레몽은 가고 싶어 하지 않았다. 우리 셋은 해변으로 내려갔고, 마리는 즉시 물속으로 뛰어들었다. 마송과 나는 잠깐 기다렸다. 그의 말투는 느렸고, 나는 그가 말을 완성할 때마다 "그리고 더해서 말하자면"이라고 덧붙이는 습관을 가지고 있다는 것을 깨달았는데, 심지어, 실상 구절에 의미가 더해지지 않을 때조차도 그랬다. 마리에 대해 언급하면서, 그는 내게 "그녀는 근사해요, 그리고 더해서 말하자면, 매력적이오."라고 했다. 그러고 나서 나는 태양이 가져다주는 만족스러움을 느끼느라 바빠서 이러한 버릇에 주의를 기울일 수 없었다. 모래들이 발밑에서 뜨거워지기 시작했다. 나는 여전히 물에 들어가고 싶은 욕망을 늦추다가 끝내 마송에게 "우리도 갈까요?"라고 말하고 뛰어들었다. 그는 천천히 물로 들어와서는 발이 땅에 닿지 않게 되었을 때 자신의 몸을 던졌다. 그는 일종의 개구리헤엄으로 아주 서툴게 헤엄을 쳐서, 나는 마리와 합류하기 위해 그를 떠났다. 물은 차가웠고 수영을 하기에 만족스러웠다. 마리와 함께, 우리는 멀리까지 나아갔고 우리의 동작과 만족감이 일치하고 있음이 느껴졌다.

먼 바다에서, 우리는 몸을 뉘었고, 하늘을 향한 내 얼굴에서 햇볕은 입안에서 뿜어진 마지막 물의 장막까지 걷어 냈다. 우리는 마송이 해변으로 되돌아가 햇볕 아래 드러눕는 것을 보았다. 멀리서 봐도, 그는 큼지막하게 여겨졌다. 마리는 우리가 함께 수영하기를 원했다. 나는 그녀의 뒤쪽으로 가서 그녀의 허리를 잡았고 그녀가 팔을 내저으며 앞으로 나아가는 동안 발길질로 그녀를 도왔다. 수면을 때리는 작은 소음이 내가 피로감을 느낄 때까지 아침 시간을 가르며 우리를 따라왔다. 그리하여 나는 마리를 남겨 두고 규칙적으로 호흡을 가다듬으며 헤엄쳐서 돌아왔다. 해변에서, 나는 마송 옆에 배를 깔고 누워 모래 속에 얼굴을 묻었다. 나는 그에게 "좋은데요" 하고 말했고, 그도 동감했다. 얼마 후, 마리가 도착했다. 나는 다가오는 그녀를 지켜보기 위해 몸을 돌렸다. 그녀의 몸은 온통 소금물에 젖어 번들거렸고, 머리칼은 뒤로 흐트러져 있었다. 그녀는 내 바로 옆에 누웠고 그녀의 몸과 태양의 온기 두 가지가 나를 살며시 잠들게 했다.

마리가 나를 흔들며 점심때라고, 마송이 집으로 돌아갔다고 말했다. 나는 배가 고팠으므로 즉시 일어났지만, 마리는 내가 아침부터 지금까지 한 번도 키스를 해주지 않았다고 말했다. 그건 사실이었거니와 나도 원했던 바였다. "물속으로 들어가." 그녀가 내게 말했다. 우리는 달려가서 첫 번째 작은 파도 위로 몸을 던졌다. 우리는 잠깐 자유형으로 헤엄을 쳤고 그녀가 내게 밀착해 왔다. 그녀의 다리가 내 다리를 감싸는 것을 느꼈고 나는 그녀를 갈망했다.

우리가 돌아오는데, 마송이 우리를 부르고 있었다. 나는 몹시 배가 고프다고 말했고 그는 대뜸 아내에게 자신은 내가 마음에 든다고 공공연히 말했다. 빵이 훌륭했고, 나는 내 몫의 생선을 탐욕스럽게 먹었다. 이어서 고기와 감자튀김이 나왔다. 우리는 모두 말없이 먹었다. 마송은 자주 와인을 마셨고 쉬지 않고 나를 챙겨 주었다. 커피가 나왔을 때, 머리가 약간 무거워서 나는 담배를 많이 피웠다. 마송과 레몽, 그리고 나는 비용을 분담하여 8월을 함께 해변에서 지낼 것에 대해 의논했다. 마리가 갑자기 우리에게 말했다. "지금 몇 신 줄들 아세요? 11시 반이에요!" 우리는 전부 놀랐지만, 마송은 우리가 아주 일찍 먹긴 했어도, 모두가 시장할 때가 바로 점심시간이니 자연스러운 거라고 말했고, 그게 왜 마리를 웃게 만들었는지 나는 알지 못했다. 나는 그녀가 좀 과하게 마신 모양이라고 생각했다. 마송이 그러고는 내게 만약 괜찮다면 자기와 함께 해변으로 산책을 나가자고 청했다. "내 아내는 점심을 먹고 나서 항상 낮잠을 자요.. 난 그걸 좋아하지 않지. 나는 걸어야만 해요. 항상 그게 그녀의 건강에 더 좋다고 말하지만, 결국, 그건 그녀의 권리죠." 마리도 마송 부인의 설거지를 돕기 위해 남겠다고 말했다. 작은 파리 여인은 그러려면, 남자들을 밖으로 쫓아내야 한다고 말했다. 우리 셋 모두는 아래로 내려갔다.

햇볕은 모래 위로 거의 수직으로 떨어졌고 바다 위로 반사되는 빛은 견디기 버거웠다. 해변에는 한 사람도 남아 있지 않았다. 고원 끝에서 바다로 돌출되어 있는 작은 별장들에서는 접시며 식기를 닦는 소리가 들려왔다. 우리는 땅에서 올라오는 돌의 열기로 숨조차 쉬기 힘들었다. 처음에 레몽과 마송은 내가 모르는 사람과 일에 대해 논의했다. 나는 그들이 오랜 시간 서로 알고 지내 왔으며 한때는 함께 살기까지 했다는 것을 알게 되었다. 우리는 물 쪽으로 방향을 잡았고 바다를 끼고 걸었다. 때때로 작은 파도들이 높게 밀려와서 우리의 직물 신발을 적셨다. 나는 맨머리 위로 쨍쨍 내리쬐는 햇볕에 반쯤 졸고 있었기에 아무 생각이 없었다.

그때, 레몽이 마송에게 뭐라고 말했으나 나는 잘 알아듣지 못했다. 하지만 나는 그와 동시에, 우리로부터 아주 먼 해변 끝쯤에서, 우리 쪽으로 오고 있는 푸른 작업복 차림의 아랍인 두 명을 얼핏 보았다. 나는 레몽을 흘끗 보았고, 그는 내게 말했다. "그자야." 우리는 계속해서 걸었다. 마송이 어떻게 그들이 여기까지 우리를 따라올 수 있었는지 물었다. 나는 우리가 비치백을 들고 버스에 오르는 걸 본 게 틀림없다는 생각이 들었지만, 아무 말도 하지 않았다.

아랍인들은 천천히 걸어오고 있었지만 이미 매우 근접해 있었다. 속도를 늦추지 않으면서, 레몽이 말했다. "만약 싸움이 벌어지면, 마송, 네가 두 번째를 맡아. 내 쪽은 내가 처리할게. 아, 뫼르소, 만약 또 다른 놈이 나타나면, 그자는 자네가 맑게." 나는 말했다. "응." 그리고 마송은 두 손을 호주머니에 찔러 넣었다. 뜨겁게 달아오른 모래가 내게는 이제 붉게 보였다. 우리는 일정한 걸음걸이로 아랍인들을 향해 나아갔다. 둘 사이의 간격이 규칙적으로 좁혀졌다. 우리가 그들까지 몇 걸음 남겨 두지 않았을 때, 그 아랍인들이 멈춰 섰다. 마송과 나는 걸음을 늦추었다. 레몽은 곧장 그의 상대에게 걸어갔다. 나는 그가 상대에게 하는 말을 알아들을 수 없었지만, 상대는 그를 머리로 들이받으려는 시늉을 했다. 그러자 레몽이 먼저 주먹을 한 방 날리고는 즉시 마송을 불렀다. 마송이 이미 맡기로 되어 있던 자에게로 가서 온 힘을 실어 두 방을 먹였다. 아랍인이 물속으로 엎어지며, 얼굴이 바닥에 처박혔고, 그러더니 몇 초간 그 상태로 있었는데, 그의 머리 주변, 수면 위로 물거품이 일었다. 와중에 레몽 역시 상대에게 일격을 가했고, 그자의 얼굴에서 피가 흘렀다. 레몽이 내 쪽을 돌아보며 말했다. "어찌 되는지 보라구." 나는 그에게 소리쳤다. "조심해, 그가 칼을 들었어!" 하지만 이미 레몽은 팔을 베이고 입이 찢겼다.

마송이 앞으로 뛰어들었다. 하지만 다른 아랍인이 일어나서는 흉기를 든 자의 뒤에 섰다. 우리는 감히 움직일 수 없었다. 그들은 우리에게서 눈을 떼지 않은 채 칼로 위협하며, 천천히 뒷걸음쳐 갔다. 충분히 멀어졌다고 생각되었을 즈음 그들은 매우 빠르게 달아났고, 그사이 우리는 햇볕 아래 못 박힌 듯 서 있었으며, 레몽은 피가 뚝뚝 떨어지는 팔을 움켜쥐고 있었다.

마송이 즉시 일요일이면 언덕에 와서 시간을 보내는 의사가 있다고 말했다. 레몽은 곧바로 가기를 원했다. 하지만 그가 말을 할 적마다 입안에서 피거품이 일었다. 우리는 그를 부축해 가능한 한 빨리 별장으로 돌아왔다. 거기서, 레몽은 가벼운 상처라고, 의사에게 가면 된다고 말했다. 그는 마송과 함께 떠났고, 나는 여자들에게 일어난 일을 설명해 주기 위해 남았다. 마송 부인은 울고 있었고 마리는 매우 창백해졌다. 나는, 그들에게 설명하는 일이 귀찮아졌다. 나는 침묵했고 바다를 바라보며 담배를 피웠다.

1시 반쯤, 레몽이 마송과 함께 돌아왔다. 그는 팔에 붕대를 감고 입 한 귀퉁이에는 반창고를 붙이고 있었다. 의사는 그에게 별거 아니라고 했지만, 레몽은 몹시 침울해 보였다. 마송이 그를 웃기려고 애썼다. 그러나 그는 여전히 아무 말도 하지 않았다. 그가 해변으로 내려가겠다고 했을 때, 나는 어디로 갈 참이냐고 물었다. 그는 바람을 좀 쐬고 싶다고 답했다. 마송과 내가 우리도 함께 가겠다고 말했다. 그러자, 그가 화를 내고는 우리에게 욕을 했다. 마송이 그를 방해하지 말자고 말했다. 그래도 나는 그를 따라나섰다.

우리는 오랫동안 해변을 걸었다. 햇볕은 이제 찍어 누르는 듯했다. 그것은 모래와 바다 위에서 잘게 부서졌다. 나는 레몽이 자신이 가고 있는 곳이 어디인지 알고 있다는 인상을 받았지만, 그건 아마 아니었던 것 같다. 해변가 맨 끝, 우리는 마침내 커다란 바위 뒤에서 모래 사이로 물이 흐르고 있는 작은 샘에 이르렀다. 거기서, 우리는 앞서의 아랍인 두 사람을 발견했다. 그들은 기름때 전 푸른 작업복 차림으로 누워 있었다. 그들은 꽤 진정되어 거의 만족스러워 보일 정도였다. 우리가 왔음에도 자세를 바꾸지 않았다. 레몽을 찔렀던 자는 말없이 레몽을 바라보았다. 다른 하나는 작은 갈대를 불었는데, 곁눈으로는 우리를 지켜보며, 그 악기로 만들어지는 세 가지 음계를 되풀이하는 중이었다.

그동안, 거기에는 단지 햇볕과 침묵, 샘으로부터 나는 작은 소리와 세 가지 음계 외에는 없었다. 그때 레몽이 그의 뒷주머니에 손을 댔지만, 상대는 동요하지 않았고, 그들은 여전히 서로를 바라보았다. 나는 피리 부는 자의 발가락이 바짝 긴장하는 것을 알아차렸다. 하지만 자신의 적으로부터 눈을 떼지 않고 있던 레몽이 내게 물었다. "쏘아 버릴까?" 나는 만약 내가 안 된다고 하면 그가 분명 제풀에 흥분해서 쏠 것 같다는 생각이 들었다. 나는 단지 그에게 말했다. "그는 아직 아무 말도 하지 않았어. 그런 식으로 쏘는 건 형편없는 짓이야."

침묵과 열기 속에서 작은 물소리와 피리 소리가 들렸다. 그때 레몽이 말했다. "그럼, 내가 욕을 하고 놈이 반발하면 그때, 쏘아 버리지." 내가 대답했다. "바로 그거야. 하지만 저자가 칼을 꺼내지 않으면 쏠 수 없는 거야." 레몽이 살짝 흥분하기 시작했다. 아랍인 하나는 여전히 피리를 불고 있었지만 둘 다 레몽의 몸놀림 하나하나를 예의 주시하고 있었다. "아니. 남자 대 남자로 하고 자네 총은 내게 줘. 만약 다른 하나가 개입하거나, 저자가 칼을 뽑으면, 내가 쏠게." 하고 내가 레몽에게 말했다.

레몽이 내게 권총을 건네주었을 때, 햇볕이 그 위에서 미끄러졌다. 그럼에도 불구하고, 우리는 마치 우리를 둘러싼 모든 것에 갇혀 버린 것처럼 여전히 움직이지 않고 서 있었다. 우리는 시선을 떨구지도 않고 서로를 응시했고 모든 것이 바다, 모래와 태양, 피리와 물이 만들어 내는 이중의 침묵 사이에서 멈추어 있었다. 나는 그 순간 쏠 수도 있고 안 쏠 수도 있다고 생각했다. 하지만 갑자기, 아랍인들이, 뒷걸음질을 쳐서, 바위 뒤로 미끄러지듯 사라져 버렸다. 레몽과 나는 그러고 나서 우리의 걸음을 되돌려 왔다. 그는 기분이 한결 좋아 보였고, 집으로 갈 버스 이야기를 했다.

나는 별장까지 그와 동행했고, 그가 나무 계단을 오르는 동안, 첫 번째 계단 앞에 남아 있었는데, 계단을 밟아 올라가

다시 여자들을 대면할 수고로움에 의기소침해지고, 햇볕으로 머리가 웅웅거렸다. 하지만 그 열기 또한 맹렬해서 하늘로부터 떨어져 눈을 못 뜨게 쏟아져 내리는 그 아래 그대로 머무는 것도 나를 고통스럽게 했다. 여기 미물러 있거나 혹은 떠나거나, 매한가지였다. 잠시 후, 나는 다시 해변을 향해 돌아섰고, 걷기 시작했다.

시뻘건 폭발은 그대로였다. 모래 위로, 바다는 아주 빠르게 부딪치며 헐떡였고 잔파도들이 숨 가쁘게 밀려왔다. 나는 천천히 바위를 향해 걸었는데 햇볕에 이마가 부풀어 오르는 느낌이었다. 열기 전체가 나를 짓누르며 내 걸음을 막아서는 것 같았다. 얼굴을 때리는 뜨거운 숨결을 느낄 때마다, 나는 이를 악물고, 바지 주머니 속의 주먹을 움켜쥐며, 태양과 태양이 쏟아붓는 그 영문 모를 취기를 이겨 내느라 전력을 다하고 있었다. 흰 조개껍데기나 깨진 유리 조각, 모래에서 발하는 모든 빛의 칼날로 내 뺨은 긴장했다. 나는 오랫동안 걸었다.

나는 저 멀리 빛과 바다의 먼지가 만들어 내는 눈부신 후광에 둘러싸인 작고 어슴푸레한 바위를 볼 수 있었다. 그 바위 뒤의 시원한 샘을 생각했다. 그 물의 속삭임을 다시 찾고 싶었고, 태양과 수고로움과 여자들의 눈물로부터 벗어나고 싶었으며, 마침내 그늘과 휴식을 다시 찾고 싶었다. 그러나 좀

더 가까이 다가갔을 때, 나는 레몽을 노렸던 그자가 다시 돌아와 있는 것을 보았다.

그는 혼자였다. 그는 목을 손에 괴고 이마는 바위 그늘 안에, 온몸은 햇볕에 드러낸 채 쉬고 있었다. 그의 푸른 작업복에서 열기로 김이 피어오르고 있었다. 나는 조금 놀랐다. 내게 있어서 그 일은 이미 끝난 이야기였고, 나는 아무 생각 없이 왔던 것이다.

그는 나를 보자마자, 조금 몸을 들어 올리고 호주머니에 손을 넣었다. 나는 자연스레 호주머니 속 레몽의 권총을 움켜쥐었다. 그러자 그가 다시 몸을 뉘었으나 주머니에서 손을 빼지는 않은 채였다. 나는 그에게서 제법 멀찍이, 한 십여 미터쯤 떨어져 있었다. 나는 간혹 반쯤 감긴 눈꺼풀 사이로 움직이는 그의 시선을 눈치챌 수 있었다. 그러나 대체로, 그의 모습은 내 눈앞의 불타는 듯한 공기 속에서 춤추듯 흔들렸다. 파도 소리는 정오 때보다 더욱 나른하고 평온해졌다. 이전과 같은 태양, 같은 햇볕이 같은 모래 위로 연장되고 있었다. 낮이 더 이상 나아가지 않는 것처럼, 끓어넘치는 금속의 대양 속에 닻을 내린 지 벌써 두 시간이 흘렀다. 지평선 위로, 작은 증기선이 지나갔고 나는 내 시선 끝에 검은 점으로 그것을 짐작했는데, 왜냐하면 나는 아랍인을 지켜보는 일을 멈출 수 없었기 때문이다.

내가 뒤로 돌아서기만 하면 끝나는 일이라고 생각했다. 하지만 햇볕으로 이글거리는 해변 전체가 뒤에서 나를 압박했다. 나는 샘을 향해 몇 걸음 내디뎠다. 아랍인은 움직이지 않았다. 어쨌든, 그는 아직 제법 멀리 떨어져 있었던 것이다. 아마 얼굴 위에 드리운 그늘 때문이었는지, 그는 웃고 있는 것처럼 보였다. 나는 기다렸다. 타는 듯한 태양이 내 뺨에 엄습했고 나는 눈썹에 땀방울이 맺히는 것을 느꼈다. 그것은 내가 엄마를 묻던 날의 것과 똑같은 햇볕이었고, 그때처럼, 나는 이마가 지끈거렸고, 피부 밑에서 모든 정맥이 울려 댔다. 그 뜨거움 때문에 나는 서 있을 수가 없었고, 한 걸음을 더 앞으로 나아갔다. 나도 알았다. 그것이 어리석은 짓임을, 한 걸음을 더 옮겨 봤자 햇볕으로부터 벗어날 수 없다는 것을. 그러나 나는 한 걸음을, 다만 한 걸음을 더 앞으로 나아갔다. 그러자 이번엔, 몸을 일으키지 않은 채, 아랍인이 칼을 뽑아서 햇볕 안에 있는 내게 겨누었다. 빛이 강철 위에서 반사되며 번쩍이는 길쭉한 칼날처럼 내 이마에 닿았다. 그 순간, 눈썹에 맺혔던 땀이 한꺼번에 눈꺼풀 위로 흘러내려 미지근하고 두꺼운 막이 되어 눈두덩을 덮었다. 내 눈은 눈물과 소금의 장막 뒤에서 보이지 않게 되었다. 나는 이마에서 울려 대는 태양의 심벌즈 소리와, 희미하게, 여전히 내 앞의 칼날로부터 찔러 오는 눈부신 단검 말고는 아무것도 느낄 수 없었다. 그

불타는 칼은 내 속눈썹을 물어뜯고 내 눈을 고통스럽게 파고 들었다. 모든 것이 흔들린 것은 그때였다. 바다는 무겁고 뜨거운 숨결을 실어 왔다. 하늘이 온통 활짝 열리면서 불의 비가 쏟아지는 듯했다. 내 존재 전체가 긴장했고 나는 손으로 권총을 꽉 움켜쥐었다. 방아쇠가 당겨졌고, 권총 손잡이의 매끈한 배가 만져졌다. 그리고 거기에서, 날카롭고 귀청이 터질 듯한 소음과 함께, 그 모든 것이 시작되었다. 나는 땀과 햇볕을 떨쳐 버렸다. 나는 내가 한낮의 균형을, 스스로 행복감을 느꼈던 해변의 그 예외적인 침묵을 깨뜨려 버렸다는 사실을 깨달았다. 그러고는, 미동도 하지 않는 몸뚱이에 네 발을 더 쏘아댔고 탄환은 흔적도 없이 박혀 버렸다. 그리고 그것은 내가 불행의 문을 두드리는 네 번의 짧은 노크와도 같은 것이었다.

2
부

I

체포 즉시 나는 여러 차례 신문을 받았다. 그러나 그것은 인정신문認定訊問이었으므로 오래 걸리지는 않았다. 처음에 경찰에서는 누구도 내 사건에 흥미를 갖지 않았다. 일주일 후, 예심판사는 반대로 나를 호기심어린 눈으로 훑어보았다. 그러나 우선 그는 단지 내 이름과 주소, 직업, 생년월일과 출생지를 물었다. 그러고 나서 내가 변호사를 선임했는지 알고 싶어 했다. 나는 하지 않았다고 밝히고, 변호사를 갖는 게 반드시 필요한 건지에 대해 물었다. "왜 그러시죠?" 그가 물었다. 나는 내 사건의 경우는 매우 단순하게 생각되기 때문이라고 대답했다. 그는 웃으며 말했다. "그것도 하나의 의견이죠. 그러나 법이라는 게 있소. 만약 당신이 변호사를 선임하지 않으면 우리가 관선변호인을 지정해 줄 거요." 사법부가 그런 세부 사항까지 맡아 준다니 매우 편리하다고 나는 생각했다. 나는 그에게 그렇게 말했다. 그는 내 말에 동의하며 법은 잘되어 있다고 말을 맺었다.

처음에, 나는 진지하게 받아들이지 않았다. 그는 커튼이

드리운 방에서 나를 맞았는데, 그의 책상 위에는 내게 앉도록 한 의자를 비추고 있는 등 하나가 놓여 있었고, 그 자신은 어둠 속에 남아있었다. 나는 이미 이 비슷한 묘사를 책에서 읽었던지라, 이 모든 것이 내겐 하나의 게임처럼 보였다. 대화가 끝난 후, 반대로, 내가 그를 바라보았고, 나는 큰 키에 깊고 푸른 눈, 긴 회색 수염에 숱 많은 머리칼이 거의 백발에 가까운 섬세한 이목구비를 가진 남자를 보았다. 그는 매우 합리적인 사람 같았고, 얼마간 입술을 씰룩이는 신경성 틱에도 불구하고, 대체로, 호감이 갔다. 나가는 길에, 나는 심지어 그에게 손을 내밀 뻔했지만, 제때에 내가 사람을 죽였다는 것을 기억했다.

다음 날 변호사 한 사람이 나를 찾아 감옥으로 왔다. 그는 통통하고 작은 키에 꽤 젊은 사람으로 단정하게 빗어 붙인 머리를 하고 있었다. 더위에도 불구하고(나는 셔츠 바람이었다) 그는 어두운 양복에 끝이 접힌 정장용 칼라에 폭넓은 흑백 줄무늬가 있는 특이한 넥타이를 매고 있었다. 그는 팔 밑에 끼고 온 가방을 내 침대 위에 내려놓고는 자신을 소개한 뒤 내 서류를 검토했다고 말했다. 내 사건은 까다롭기는 하지만, 내가 자기를 믿어 주기만 하면 우리가 이길 것을 조금도 의심치 않는다고 했다. 내가 고맙다고 하자 그가 말했다. "그럼 문제의 핵심으로 들어갑시다."

그는 침대 위에 앉더니 내 사생활에 관한 약간의 조사가 있었다고 설명했다. 어머니가 최근 양로원에서 돌아가신 것을 알았다. 그러고 나서 마랭고에서 조사를 수행했다. 예심판사가 엄마의 장례식 날 "내가 냉담해 보였다"는 것을 알게 되었다. "이해하십시오" 변호사는 말했다. "이것을 당신에게 물어야만 하는 나도 조금 곤혹스럽습니다. 그러나 이것은 매우 중요한 일입니다. 만약 내가 대응할 어떤 것도 찾아낼 수 없다면, 그것은 검찰 측의 강한 논거가 될 겁니다." 그는 내가 자신을 도와주길 원했다. 그는 내가 그날 슬펐었느냐고 물었다. 그 질문은 나를 크게 놀라게 했고, 만약 나도 그렇게 물어야 했다면 몹시 곤혹스러웠을 것 같았다. 나는 그렇지만 자문하는 습관을 거의 잊어버려서 말하기 어렵다고 대답했다. 의심의 여지없이, 나는 엄마를 좋아했지만, 그건 아무 의미가 없는 것이다. 모든 건전한 존재들은 어느 정도는 자신의 사랑하는 이들의 죽음을 바란다. 여기서 변호사는 내 말을 끊었고 몹시 불안해하는 듯 보였다. 그는 내게 법정에서든 예심판사 실에서든 그런 말은 하지 않겠다고 약속하도록 만들었다. 그렇지만, 나는 그에게 내 천성이 육체적 욕구가 종종 감정에 문제를 일으키는 경향이 있다고 설명했다. 엄마를 묻던 그날, 나는 몹시 피곤했고, 졸렸다. 그래서 무슨 일이 일어나고 있는지 깨닫지 못했다. 내가 확실히 말할 수 있는 것은 엄마가 죽지 않았으면 좋았겠다는 것이다. 그러나 내 변호사는 만족해 보이지 않았다. 그가 내게 말했다. "그걸로는 충분치 않습니다."

그는 생각에 잠겼다. 그는 그날 내가 내 자연스러운 감정을 억눌렀던 거라고 말해도 되겠는지를 물었다. 나는 그에게 말했다. "안 됩니다. 그건 사실이 아니니까요." 그는 나를 이상하게 바라보았다. 마치 내게 조금 혐오감을 느낀 것처럼. 그는 내게 거의 심술궂게 어떤 경우든 그 양로원의 원장과 직원들이 증인으로 출석할 테고, "그건 내게 매우 더러운 속임수로 쓰일 거"라고 말했다. 나는 그에게 그 이야기는 이 사건과 아무 상관이 없는 거라고 지적했지만, 그는 내가 결코 법과 거래해 본 적이 없었던 게 분명하다고만 말했다.

그는 화난 표정으로 떠났다. 나는 그를 붙잡고 싶었고, 그의 공감을 원한다고, 더 잘 방어해 달라는 게 아니라, 하지만, 만약 그렇더라도, 꾸밈없이 해주길 원한다고 설명하고 싶었다. 무엇보다, 나는 그를 불편하게 만들었다는 것을 알았다. 그는 나를 이해하지 못했고 내게 얼마간 화가 나 있었다. 나는 그에게 나는 다른 모든 사람들과 같다고, 절대적으로 다른 모든 사람들과 똑같다고 말하고 싶었다. 그러나 그 모든 것들이, 사실상, 크게 쓸모 있는 게 아니었기에 나는 무기력해져서 포기해 버렸다.

얼마 지나지 않아, 나는 다시 예심판사 앞으로 불려갔다. 오후 2시였는데, 이 시간 그의 사무실은 얇은 커튼에 의해 간신히 누그러진 볕이 가득 차 있었다. 몹시 무더웠다. 그는 나를 앉게 하고는, 매우 정중하게 "불의의 사고로" 내 변호사가 올 수 없었다고 말했다. 하지만 내게는 그의 질문에 답하지 않고 내 변호사의 도움을 받을 때까지 기다릴 권리가 있다고도 했다. 나는 혼자서도 답할 수 있다고 말했다. 그는 탁자 위의 버튼을 눌렀다. 젊은 서기가 들어와서는 바로 내 등 뒤에 앉았다.

우리는 둘 다 우리의 팔걸이 의자에 앉았다. 신문이 시작되었다. 그는 먼저 사람들이 나를 두고 말수가 적고 내성적인 사람이라고들 한다며 그에 대한 내 생각은 어떤지 알고 싶다고 말했다. 나는 대답했다. "그건 내가 할 말이 많지 않은 거죠. 그래서 말이 없는 거고." 그는 처음 때처럼 웃고는, 훌륭한 이유라는 데 동의한다며 덧붙였다. "더군다나, 그건 전혀 중요한 게 아니죠." 그는 말이 없다가, 나를 바라보며 갑자기 몸을 일으키면서 매우 빠르게 내게 말했다. "나를 흥미롭게 하는 것은 바로 당신입니다." 나는 그게 무슨 의미인지 전혀 이해할 수 없어서 답하지 않았다. "당신의 행동 가운데는 나를 피해 가는 것들이 있소." 그는 덧붙였다. "당신은 내가 그것들을 이해하는 데 도움을 주리라 확신하오." 나는 모든 게 아주 단순하다고 말했다. 그는 그날 일을 말해 달라고 재촉했다. 나는 이미 그에게 말한 바 있는 그것을 다시 말했다. 레몽, 해변가, 수영, 싸움, 다시 해변가, 조그만 샘, 태양과 다섯 발의 총격. 한 문장이 끝날 때마다 그는 말했다. "좋아요, 좋아요." 내가 누운 몸뚱이에 다다랐을 때, 그는 고개를 끄덕이곤 말했다. "좋소." 나는 같은 이야기를 되풀이하는 것에 지쳤고 그렇게 많이 말을 한 적이 결코 없었던 것 같다.

침묵 후에, 그는 일어서서 나를 도와주고 싶다고, 내게 흥미를 느꼈고 하나님의 도움으로 나를 위해 뭔가 해줄 수 있을 것 같다고 내게 말했다. 하지만 우선, 그는 내게 몇 가지 더 물어보고 싶어 했다. 목소리의 변환 없이, 그는 내가 엄마를 사랑했는지를 물었다. 나는 말했다. "에, 다른 모든 사람들처럼요." 그리고 그때까지 규칙적으로 타이핑을 하고 있던 서기가, 키를 잘못 눌렀음이 분명했는데, 그는 당황해서 되돌아가야 했기 때문이다. 여전히 확실한 논리도 없이, 판사는 그러고 나서 내게 권총 다섯 발을 연달아서 쏘았는지를 물었다. 나는 생각해 보고는, 처음에 한 방을 쏘았고, 몇 초 후에, 다른 네 발을 쏘았다고 분명하게 말했다. "왜 당신은 첫번째와 두 번째 발포 사이에 간격을 둔 거죠?" 그가 그때 말했다. 다시 한 번, 나는 붉은 해변가를 보았고, 이마 위에 이글거리는 태양을 느꼈다. 그러나 이번에는 대답하지 않았다. 침묵이 이어지는 동안 예심판사는 불안해하는 것 같았다. 그는 자리에 앉았고, 머리를 마구 헝클더니 책상 위에 팔을 괴고는 기이한 표정으로 나를 향해 약간 몸을 기울였다. "왜, 왜 당신은 땅에 엎어진 몸에 총을 쏘았죠?" 여전히, 나는 뭐라고 답해야 할지 몰랐다. 판사는 그의 손을 이마에 올리고 조금 달라진 목소리로 그의 질문을 되풀이했다. "왜죠? 당신은 말해야만 합니다. 왜죠?" 나는 여전히 침묵을 지켰다.

갑자기 그는 일어나, 책상 한쪽 끝으로 성큼성큼 다가가 서류함의 서랍을 열었다. 그는 은색 예수의 수난상 하나를 꺼내서는 내게로 걸어오면서 흔들어 댔다. 그러고는 완전히 달라진, 거의 떨리는 목소리로 소리쳤다. "당신은 이분을 아십니까?" 나는 말했다. "예, 물론입니다." 그러자 그는 매우 빠르고 열정적으로, 자신은 하나님을 믿는다고, 하나님이 용서하지 못할 만큼 완전한 죄인은 없지만 그러기 위해서는 회개를 통해 마음을 비우고 무엇이든 받아들일 준비가 된 아이처럼 되어야 한다는 게 자신의 신념이라고 말했다. 그는 온몸을 테이블 위로 숙였다. 그는 그 예수 수난상을 거의 내 위에서 흔들어 댔다. 솔직히 말해, 나는 그의 추론을 따라잡기가 무척 힘들었는데, 우선 나는 더웠으며 그의 사무실 안에 있던 큰 파리가 내 얼굴 위로 내려앉았기 때문이고, 또한 그가 조금 무서웠기 때문이다. 나는 동시에 그것이 우스꽝스러운 일이라는 것을 깨달았는데, 결국, 내가 죄인이었기 때문이다. 그럼에도 그는 계속했다. 그가 보기엔 내 자백 가운데 유일하게 이해 안 되는 지점이 하나 있는데, 내가 두 발째를 쏘기 전에 간극을 두었다는 사실이라는 걸 나는 어느 정도 이해했다. 나머지는 다 좋은데, 그것은 이해가 안 된다는 것이었다.

　나는 거기에 집착하는 건 잘못이라고 그에게 말할 참이었다. 그 마지막 지점은 그렇게 중요한 게 아니라고. 그러나 그는 내 말을 자르고 마지막으로 나를 설득하려 했는데, 그의 큰 키를 완전히 세우면서, 내게 하나님을 믿는지를 물었다. 나는 아니라고 대답했다. 그는 분개하며 앉았다. 그는 내게 그것은 불가능하다며, 모든 사람들이 하나님을 믿는다고, 심지어 그분의 얼굴을 외면했던 이들조차 믿는다고 말했다. 그것이 그의 신념이었고, 만약 그것을 의심한다면, 그의 삶은 의미를 잃게 될 것이다. "당신은 내 삶이 의미가 없어지기를 바라시오?" 그가 소리쳤다. 내 생각에, 그것은 내가 신경 쓸 일은 아니었으므로, 나는 그에게 그렇게 말했다. 하지만 그는 이미 책상 너머에서 내 두 눈앞으로 '예수'를 내밀며 비상식적인 방식으로 소리쳤다. "나는 크리스천이다. 나는 이분께 당신 죄를 사해 달라고 빌고 있다. 당신을 위해 이분이 고통받았다는 걸 어떻게 믿지 않을 수가 있단 말이냐!" 나는 그가 내게 반말을 하고 있다는 것을 알아챘으나 이제는 진저리가 났다. 점점 뜨거워지고 있었다. 항상 그렇듯이, 내가 별로 귀를 기울이고 싶지 않은 사람으로부터 벗어나고 싶을 때 하는 것처럼, 나는 수긍하는 척했다. 놀랍게도 그는 의기양양해져서, "거봐, 거보라고!" 하고 말했다. "당신도 믿잖아, 당신도 그분께 당신 자신을 맡길 참이잖아, 그렇지 않아?" 명백히, 나는 다시 아니라고 말했다. 그는 다시 자신의 팔걸이의자에 주저앉았다.

그는 매우 피곤해 보였다. 그가 잠시 침묵을 유지하는 동안, 그때까지 쉬지 않고 우리 대화를 따라왔던 타자기는 마지막 문장을 타이핑했다. 그러고 나서 그는 나를 주의 깊게 그리고 조금 슬픈 표정으로 바라보았다. 그가 중얼거렸다. "나는 당신처럼 무정한 영혼을 본 적이 없소. 내 앞에 온 범죄자들은 이 고난의 형상을 보면 언제나 눈물을 흘렸지." 나는 그것은 바로 그들이 범죄자이기 때문이라고 말할 참이었다. 하지만 나 역시 그들 같은 처지라는 생각이 들었다. 나로서는 익숙해지기 힘든 사고였다. 판사가 그러고는 내게 심문이 끝났다고 말하려는 것처럼 일어섰다. 그는 다만 여전히 다소 지친 표정으로, 내 행동을 후회하는지를 물었을 뿐이었다. 나는 생각해 보고는, 사실 후회라기보다는 오히려 어떤 갑갑함을 느꼈다고 말했다. 나는 그가 나를 이해하지 못했다는 인상을 받았다. 그러나 그날은 상황이 더 이상 나아가지 않았다.

그 후로도 나는 예심판사를 자주 만났다. 단, 매번 내 변호사가 동행했다. 내 앞선 진술의 어떤 점들을 명확히 하는 것으로 제한되었다. 그렇지 않으면 판사는 내 변호사와 기소에 대해 논의했다. 하지만 사실 그럴 때에도 그들은 나를 전혀 신경쓰지 않았다. 어쨌든 점차 심문의 톤이 바뀌어 갔다. 예심판사는 더 이상 내게 흥미를 갖지 않았고, 내 사건에 관하여 어떤 식으로든 정리를 한 것 같았다. 그는 더 이상 내게 하나님에 대해 이야기하지 않았고, 나는 첫날처럼 흥분한 그의 모습을 결코 다시 볼 수 없었다. 그 결과 우리의 대화는 좀 더 다정해졌다. 몇 가지 질문이 있고, 내 변호사와 조금 대화가 오가고 나면 심문은 끝났다. 판사의 표현을 그대로 빌리자면, 내 사건은 순조롭게 진행되고 있었다. 그리고 이따금 나누는 대화가 일반적인 것일 경우에는 나도 그 속에 끼워 주곤 했다. 나는 숨을 쉬기 시작했다. 이 시간이면 아무도 나를 거칠게 대하지 않았다. 모든 것이 너무나 자연스럽고, 너무나 순조롭게 해결되고, 너무나 소박하게 진행되어서, 나는 '가족의 일원이 된 것' 같은 터무니없는 인상마저 받았다. 그리하여 예심이 진행된 열한 달 후에, 나는 판사가 그의 사무실 문 앞까지 따라 나와서 내 어깨를 두드리며 "오늘로서 끝입니다, 반기독교 양반." 하고 다정하게 말한 그 순간이 다른 무엇보다 기뻤다는 사실에 놀랐다고 말할 수 있다. 나는 그러고 나서 경관의 손에 넘겨졌다.

II

내가 결코 말하고 싶지 않았던 사항들도 있다. 감옥에 들어왔을 때, 나는 며칠 후 내 생활의 이 부분에 관해 이야기하고 싶지 않으리라는 걸 알았다.

후에, 나는 그런 혐오감이 더 이상 중요하지 않다는 걸 깨달았다. 사실, 나는 처음 며칠 동안은 감옥에 갇혀 있었던 게 아니다. 나는 막연하게 새로운 국면을 기다리고 있었다. 모든 것이 시작된 것은 단지 마리의 처음이자 마지막 방문 이후였다. 내가 그녀의 편지를 받은 그날(그녀는 자신이 내 아내가 아니기 때문에 더 이상 면회가 허락되지 않는다고 썼다), 바로 그날부터, 나는 감방이 집이고 내 삶은 거기서 멈추었다는 것을 느꼈다. 내가 체포되던 그날, 나는 처음에 대부분이 아랍인인, 여러 명의 죄수들이 들어 있는 방에 감금되었다. 그들은 나를 보면서 웃어 댔다. 그러고는 내가 무슨 짓을 했는지를 물었다. 나는 아랍인 한 사람을 죽였다고 말했고 그들은 침묵을 지켰다. 하지만 잠시 후, 저녁이 되었다. 그들은 내가 잠을 자야만 하는 곳에 매트를 어떻게 깔아야 하는지를 설명해 주었다. 한쪽 끝을 마는 것으로, 베개로 사용할 수 있었다. 밤새도록 빈대가 얼굴 위로 기어 다녔다. 며칠 후, 나는 혼자 나무판자 침대에서 자는 감옥으로 옮겨졌다. 나는 변기통과 양철 대야도 갖게 되었다. 감옥은 도시의 가장 높은 곳에 있었고, 작은 창문을 통해서, 나는 바다를 볼 수 있었다. 철창에 매달려 빛을 향해 얼굴을 내밀고 있던 어느 날, 간수 한 명이 들어와서는 면회자가 있다고 말했다. 나는 마리일 거라고 생각했다. 정말 그녀였다.

나는 면회실로 가기 위해 긴 복도를 따라갔고, 그러고는 계단과 또 다른 복도를 지났다. 나는 커다란 퇴창이 빛을 밝히는 매우 넓은 방으로 들어서게 되었다. 그 방은 세로로 잘린 커다란 철창 두 개에 의해 세 개 구획으로 나뉘어 있었다. 두 철창 사이에는 면회객과 죄수들을 나누는 8내지 10미터가량의 공간이 있었다. 나는 줄무늬 드레스차림에 볕에 그을린 얼굴을 하고 내 앞에 있는 마리를 보았다. 내편에는, 십여 명의 수감자가 있었는데, 그들 대부분이 아랍인이었다. 마리는 무어 여자들에 둘러싸여 두 방문객 사이에 있었는데, 한 사람은 검은 옷차림의, 입을 꼭 다물고 있는 작고 늙은 여자였고, 한 사람은 과한 몸짓을 섞어 매우 큰 목소리로 말하는 머리칼을 드러낸 뚱뚱한 여자였다. 철창 사이의 거리 때문에 면회객들과 수감자들은 매우 큰 소리로 말해야 했다. 내가 들어섰을 때, 커다란 방의 낡은 벽에 부딪혀 울려대는 목소리와, 하늘에서 창으로 쏟아져 들어와 다시 방에서 반사되는 세찬 빛이, 내게 일종의 현기증을 불러일으켰다. 내 감방은 훨씬 조용하고 훨씬 어두웠던 것이다. 적응하는데 몇 초가 걸렸다. 그럼에도 불구하고, 나는 마침내 충만한 빛에 드러난 각자의 얼굴을 명확히 보게 되었다. 나는 두 철창 사이의 복도 끝에 앉아 있는 간수를 보았다. 대부분의 아랍인 수감자들과 가족들은 서로를 마주 보며 쪼그리고 앉아 있었다. 그들은 소리치지 않았다. 그 소란에도 불구하고, 그들은 매우 나직한 목소리로도 서로의 말을 알아들을 수 있었다. 더 낮은 곳에서 시작되는, 그들의 들리지 않는 웅얼거림은, 그들의 머리 위에서 교차하는 대화로서 말들을 받쳐 주는 일종의 저음부를 형성하고 있었다. 이 모든 것을, 나는 마리를 향해 가는 한순간에 알아차렸다. 이미 철창에 딱 달라붙어 있던, 그녀가 나를 향해 있는 힘껏 미소를 지어 보였다. 나는 그녀가 정말 아름답다고 생각했지만, 그 말을 그녀에게 어떻게 해야 할지 몰랐다.

"어때?" 그녀는 내게 매우 큰 소리로 말했다. "보다시피." "당신 괜찮아? 필요한 건 다 있는 거야?" "응, 다 있어."

우리는 침묵했고 마리는 여전히 웃고 있었다. 그 뚱뚱한 여인은 내 옆의, 틀림없이 그녀의 남편으로 보이는, 정직해 보이는 큰 키의 금발 사내에게 소리치고 있었다. 이미 시작된 대화를 이어 가고 있는 것이었다.

"잔이 그 애를 받아들이고 싶지 않대요." 그녀는 목청을 다해 소리쳤다. "그래, 그래." 사내가 말했다. "내가 그 여자에게 당신이 나오면 다시 데려가겠다고 했지만, 그 여자는 그러고 싶지 않대."

마리도 그 옆에서 레몽이 안부 전해 달란다고 소리쳤고 나는 말했다. "고마워." 그러나 내 목소리는 "그애는 잘 지내?"냐고 묻는 내 이웃의 목소리에 묻혀 버렸다. 그의 아내가 웃으며 "너무너무 잘 지내." 하고 말했다. 내 왼쪽의 이웃인, 가냘픈 손에 왜소한 젊은 사내는 아무 말이 없었다. 나는 그가 자그마한 늙은 여자와 마주 보고서 서로를 뚫어지게 쳐다보고 있다는 것을 알아챘다. 하지만 마리가 내게 희망을 가져야만 한다고 소리쳤기 때문에 나는 더 이상 그들을 지켜볼 시간이 없었다. 나는 "그래" 하고 대답했다. 동시에, 나는 그녀를 보았고 드레스 위로 그녀의 어깨를 꽉 쥐어주고 싶었다. 나는 그 가냘픈 천을 원했고, 그것 말고는 확신할 수 있는 게 없었다. 그러나 틀림없이 마리의 뜻도 그러했을 텐데, 왜냐하면 그녀는 여전히 웃고 있었기 때문이다. 내가 볼 수 있었던 것은 그녀의 반짝이는 치아와 눈가의 잔주름뿐이었다. 그녀가 새롭게 소리쳤다. "나와서 우리 결혼할 거야!" 나는 "그렇게 생각해?"라고 답했지만, 그것은 무엇보다 무슨 말이라도 해야 해서였다. 그러자 그녀가 매우 빠르게 그리고 여전히 큰소리로, 그래, 나는 풀려날 테고, 우리는 다시 해수욕을 하러 가게 될 거야, 라고 말했다. 하지만 그녀의 곁에 있던 다른 여자도 소리를 지르며, 서기과에 바구니 하나를 맡겨 두었다고 말했다. 그녀는 자신이 거기 넣은 것들을 일일이 열거했다. 많은 돈이 들어간 것이니 꼭 확인해야 한다며. 내 다른 이웃과 그의 모친은 여전히 서로를 바라보고 있었다. 아랍인들이 웅얼거리는 소리는 우리 아래서 계속되고 있었다. 밖에서는 빛이 유리창에 부딪쳐 부풀어 오르는 것 같았다.

나는 조금 고통을 느꼈고 그 자리를 떠나고 싶었다. 소음은 나를 악화시켰다. 그러나 다른 한편으로는, 거기에 있는 마리의 존재를 더 누리고 싶었다. 시간이 얼마나 흘렀는지 모른다. 마리는 그녀의 업무에 대해 이야기했고 끊임없이 웃었다. 웅얼거림, 외치는 소리, 대화가 서로 교차했다. 유일한 침묵의 섬은 내 옆의 서로를 응시하고 있는 왜소한 청년과 나이 든 여인네뿐이었다. 차차, 아랍인들이 끌려 나갔다. 첫 번째 사람이 떠나자마자 거의 모든 사람들이 침묵했다. 자그마한 늙은 여자가 철창으로 다가섬과 동시에 간수 하나가 그녀의 아들에게 신호를 보냈다. 그가 말했다. "잘 가, 엄마." 그러자 그녀는 두 개의 창살 안으로 손을 넣어서 천천히 오래도

록 손을 흔들었다.

그녀가 떠나는 동안, 손에 모자를 쥔, 한 남자가 들어와, 그 자리를 차지했다. 수감자 한 명을 들어오게 했고 그들은 생기 있게, 하지만 낮은 목소리로 이야기를 나눴다. 그곳이 다시금 조용해져 있었기 때문이다. 그들은 내 오른편 이웃을 찾아왔고 그의 아내는 그에게 마치 더 이상 외칠 필요가 없다는 것을 알아차리지 못한 것처럼 소리를 낮추지 않고 말했다. "몸 간수 잘하고, 조심하세요." 그러고 나서 내 차례가 왔다. 마리가 내게 키스하는 시늉을 보냈다. 나는 떠나기 전에 뒤를 돌아보았다. 그녀는 꼼짝 않고, 이러지도 저러지도 못하는 경직된 미소를 띤 채, 얼굴을 으스러지게 철창에 대고 있었다.

그녀가 내게 편지를 보내온 것은 그 직후였다. 그리고 그때부터 내가 결코 말하고 싶지 않았던 일들이 시작되었다. 하여튼, 어떤 것도 과장해선 안 된다고 한다면, 그것은 다른 사람들에 비해 내게 훨씬 쉬운 일이었다. 수감이 시작되고, 그럼에도, 가장 힘들었던 것은 내가 자유로운 사람의 사고를 가지고 있었다는 점이었다. 예컨대, 해변으로 가서 바닷물에 들어가고 싶다는 욕망이 나를 사로잡았다. 내 발바닥 밑에서 일렁이던 첫 파도 소리, 물속에 몸을 담그는 것, 거기서 느꼈던 해방감을 떠올리면서, 나는 갑자기 내 감옥의 벽들이 얼마나 가까이 있는 것인가를 절실히 느끼곤 했다. 하지만 그것은 몇 달간만 지속되었다. 그러고는, 나는 수감자로서의 사고만 했던 것이다. 나는 매일 안뜰에서 이루어지는 산책 시간과 변호사의 방문을 기다렸다. 나는 그 나머지 시간들은 매우 잘 대처했다. 나는 그때 종종 생각했었다. 만약 누군가 내게 머리 위 하늘을 보는 것 외에는 다른 일 없이 마른 나무둥치에 살게 한다 해도, 나는 거기에 익숙해질 수 있으리라고. 나는 새들이 지나가는 것이나 구름의 만남을 기다렸을 것이다. 마치 여기서 내 변호사의 기묘한 타이를 기다리거나, 또 다른 세상에서, 마리의 몸을 껴안기 위해 토요일까지 참고 기다렸던 것처럼. 하지만, 곰곰이 생각해 보니 나는 마른 나무둥치 속에 있던 것은 아니었다. 나보다 불행한 사람들도 있었던 것이다. 그 밖에도 이건 엄마의 지론 중 하나였는데, 엄마는 종종 누구나 결국 모든 것에 익숙해지기 마련이라고 되뇌곤 했었다.

그 외에도, 나는 평소 그런 지경에까지 가 본 적이 없었다. 처음 몇 달간은 힘들었다. 그러나 내가 기울였던 바로 그 노력이 그 시간들을 지나가게 도와주었다. 예컨대, 나는 여자에 대한 욕구로 번뇌했다. 나는 젊었으므로, 그것은 자연스러운 일이었다. 나는 특별히 마리만 생각했던 것은 결코 아니었다. 정말 나는 한 여자를, 여자들을, 내가 알았던 모든 여자들을,

내가 그녀들을 사랑했던 모든 상황들을 너무나 강렬히 생각했기에 내 독방은 그 모든 얼굴들로 가득 차고 내 욕망으로 붐볐다. 어느 면에서 그것은 내 균형을 무너뜨렸다. 하지만 다른 면에서, 그것은 시간을 죽여주었다. 나는 마침내 식사 시간에 취사장 급사와 동행하던 간수장의 호감을 얻게 되었다. 처음, 여자에 대해 이야기한 건 그였다. 그는 내게 말했다. 다른 사람들이 가장 먼저 불평하는 문제가 바로 그것이라고. 나는 그에게 말했다. 나도 마찬가지라고, 나 역시 그 부당한 처치處置를 찾는다고. "하지만," 그가 말했다. "그게 당연한 거요. 당신들은 감옥에 있는 거니까." "뭐라구요, 그게 당연하다구요?" "그렇고말고, 자유, 바로 그거요. 우리가 당신들 자유를 빼앗은 거니까." 나는 결코 그것에 관해 생각해 보지 못했다. 나는 수긍했다. "그러네요!" 그에게 내가 말했다. "벌을 받는 것이군요?" "그래요, 당신은 그 점을 이해하는군. 다른 사람들은 그렇지 못하지. 하지만 그들은 끝까지 자위를 할 거요." 간수는 그러고는 떠났다.

거기에는 또한 담배가 있었다. 내가 감옥에 들어왔을 때, 그들은 허리띠와 구두끈, 타이와, 내 호주머니 속에 있던 모든 것들, 특히 내 담배를 빼앗아 갔다. 일단 독방으로 와서 나는 그것들을 돌려 달라고 요청했다. 하지만 그들은 내게 그것은 금지되어 있다고 말했다. 처음 한동안은 정말 힘들었다. 그것이 아마도 무엇보다 내 기를 꺾어 놓았을 테다. 나는 내 침상에서 뜯어낸 나무 조각을 빨아 대곤 했다. 나는 끝없는 구역질을 하루 종일 끌고 다녔다. 나는 이해할 수 없었다. 누구에게도 해가 되지 않는 그것을 왜 내게서 빼앗아 버리는 것인지. 나중에야, 나는 그것도 일종의 징벌이라는 것을 이해했다. 하지만 그때쯤, 나는 더 이상 담배를 피우지 않는 것에 익숙해져 있었고 이것은 내게 더 이상 징벌이랄 것도 없었다.

그러한 불편들을 제외한다면, 나는 크게 불행한 것도 아니었다. 모든 문제는, 다시 한번 말하지만, 시간을 죽이는 일이었다. 나는 마침내 회상하는 법을 익히고 나서부터는 더 이상 지루해하지도 않게 되었다. 때때로 나는 내 방에 관해 생각에 빠져들었는데, 상상 속에서 나는 한구석에서 출발해 방을 한 바퀴 돌면서 그 길 위에 있던 모든 것들을 하나하나 헤아려 보았다. 처음에, 그것은 금방 끝나 버렸다. 하지만 매번 다시 시작할 때마다 그것은 조금씩 길어졌다. 왜냐하면 나는 모든 가구들을, 각각의 가구에 놓인 모든 물건들을, 각각의 물건의 모든 세세한 것들을, 세공, 균열이나 이 빠진 가장자리, 빛깔과 결까지 기억해 냈기 때문이다. 동시에, 나는 내 물건 목록의 끈을 놓치지 않으려고 완벽한 리스트를 만들기 위해 애쓰기도 했다. 몇 주가 지나자 나는 내 방 안에 있는 것들을 하나하나 헤아리는 일만으로도 몇 시간을 보낼 수 있게 되었다. 이렇게 그것에 관해 생각하면 할수록 무심히 보아 넘겼던 것, 잊고 있었던 것들까지 더 많은 것들을 기억으로부터 끄집어낼 수 있었다. 나는 단지 하루를 살았던 사람이라도 감옥에서 100년은 어렵지 않게 살 수 있으리라는 걸 이해하게 되었다. 그는 지루해하지 않아도 될 기억을 충분히 가지고 있는 셈이었다. 즉, 그것은 하나의 유리한 조건이었다.

그 밖에 잠도 있었다. 처음에 나는 밤이면 잘 자지 못했고 낮 시간에도 전혀 자지 못했다. 차츰 밤이 나아졌고, 더불어 낮 동안에도 잠에 들 수 있게 되었다. 사실 나는 지난 몇 달 간 하루에 열여섯 시간에서 열여덟 시간쯤은 잔 것 같다. 남겨진 여섯 시간은 식사와 생리적 현상, 추억들, 그리고 체코슬로바키아에 관한 이야기로 죽일 수 있었다.

사실 나는 짚으로 된 내 매트리스와 침상 사이에서 오래된 신문 쪼가리를 찾아냈다. 천에 거의 달라붙다시피 한 누렇게 색이 바랜 투명한 기사 쪼가리였다. 사회면 기사였는데, 첫 부분이 뜯겨 나가긴 했지만 체코슬로바키아에서 벌어진 일인 것만은 분명했다. 한 남자가 큰돈을 벌기 위해 체코의 어느 마을을 떠났다. 25년 후, 그는 부자가 되어 아내와 아이를 데리고 돌아왔다. 그의 어머니와 여동생은 그가 태어난 마을에서 여관을 운영하고 있었다. 그들을 놀래켜 주기 위해 그는 그의 아내와 아이를 다른 여관에 남겨 두고, 그의 어머니의 집으로 갔는데, 어머니는 그가 들어갔을 때 그를 알아보지 못했다. 그는 장난삼아 방을 하나 잡기로 하고 가진 돈을 보여 주었다. 한밤중에 그의 어머니와 여동생은 돈을 훔치기 위해 그를 망치로 때려 죽여서는 시체를 강물에 던져 버렸다. 다음 날 아침 아내가 와서는 그 사실도 모른 채, 여행자의 신원을 밝혔다. 그 어머니는 목을 매 죽었다. 여동생은 우물에 몸을 던졌다. 나는 이 이야기를 수천 번은 읽었을 것이다. 한편으로, 그것은 사실 같지 않은 일이었다. 다른 한편, 그것은 정상적인 일이었다. 어쨌든, 나는 여행자가 좀 무모했으며 결코 장난을 치지 말았어야 한다고 생각했다.

그처럼, 잠자는 시간으로, 회상하기로, 내 잡보 기사와 빛과 어둠이 교체하는 것을 읽는 것으로, 시간이 흘러갔다. 감옥 안에서는 끝내 시간관념을 잃는다는 것을 읽은 적이 있었다. 하지만 그것은 내게 큰 의미가 없었다. 하루가 어떻게 길어질 수도 짧아질 수도 있는지를 깨닫지 못했었다. 의심의 여지없이 삶은 길어졌지만, 그렇게 팽창해서 결국에 각각으로 넘쳐나는 것이다. 그들은 거기서 자신들의 이름을 잃는다. 어제 또는 오늘이라는 말만이 내게 의미가 지켜지는 유일한 것이었다.

어느 날, 간수가 내게 다섯 달이 지났다고 말했을 때, 나는 그걸 믿었지만, 이해할 수 없었다. 내게는, 감방 안으로 밀려

드는 것과 내가 행했던 일들이 언제나 똑같은 하루였던 것이다. 그날, 간수가 가버린 후에, 나는 양철 식기 안의 나를 들여다보았다. 그에게 웃어보이려 애쓸 때조차 내 인상은 여전히 진지해 보였다. 나는 그것을 내 앞에서 흔들어 보았다. 나는 웃었고 그것은 여전히 심각하고 우울해 보였다. 하루가 끝나 가고 있었고 내가 말하고 싶지 않았던 시간, 침묵의 행렬 속에서 감옥의 전 층으로부터 저녁의 소음이 올라오는 이름 없는 시간이었다. 나는 하늘로 난 창으로 다가갔고, 마지막 빛 속에서, 한 번 더 내 인상을 응시했다. 그것은 여전히 심각했는데, 그 순간은, 나 역시 그랬으니, 놀랄 만한 일도 아니었다. 하지만 동시에 몇 달 만에 처음으로, 내 음성이 내는 소리를 분명하게 들었다. 나는 그것이 이미 오래전부터 내 귓전에 울리고 있던 바로 그 소리라는 것을 깨달았고, 그 모든 시간 내내 내가 혼자 말하고 있었다는 걸 이해했다. 나는 그때 엄마의 장례식 날 간호사가 했던 말을 떠올렸다. 절대, 출구는 없었고 누구도 감옥 안의 저녁이 어떤 것인지를 상상할 수는 없다.

III

기본적으로 여름이 매우 빠르게 여름으로 대체되었다고 말할 수 있을 것 같다. 나는 첫더위가 시작되면서 내게 뭔가 새로운 일이 일어나리라는 것을 알았다. 내 사건은 중범죄법원의 마지막 개정기에 잡혀 있었고, 그 개정기는 6월로 끝이었다. 심리는 바깥이 햇볕으로 가득할 때 시작되었다. 내 변호사는 그것은 이삼 일 이상은 걸리지 않을 것이라고 단언했다. "게다가." 그는 덧붙였다. "법정으로서는 서두를 겁니다. 당신 사건이 이번 개정기에 가장 중요한 게 아니니까요. 바로 뒤에 존속살해 건이 있습니다."

아침 7시 30분에, 그들은 나를 데리러왔고 나는 호송차에 실려 법원으로 갔다. 두 명의 경관이 나를 어둠이 느껴지는 작은 방 안으로 들여보냈다. 우리는 문 가까이 앉아서 기다렸는데, 문 너머로 말소리와 부르는 소리, 바닥에 끌리는 의자 소리, 그리고 콘서트 후에 춤을 추기 위해 홀을 정리하는 이웃 축제를 연상시키는 온갖 소란스러운 소리가 들렸다. 경관들은 내게 출정을 기다려야 한다고 말했는데, 그들 중 한 명이 담배를 권했지만 나는 거절했다. 잠시 후에 그가 내게 "긴장 되느냐"고 물었다. 나는 아니라고, 대답했다. 그리고 심지어 어떤 점에서, 재판을 지켜보는 것이 흥미롭다. 인생에서 이런 기회는 한 번도 없었다, 고도 했다. "그렇군," 다른 경관이 말했다. "하지만 끝내는 피곤해지지."

조금 지나서, 작은 종소리가 방 안에 울렸다. 그때 그들이 내게서 수갑을 제거했다. 그들은 문을 열고 나를 피고석으로 들여보냈다. 실내는 미어터질 듯 가득 차 있었다. 블라인드에도 불구하고, 햇볕은 곳곳에 스며들었고 공기는 이미 숨이 막힐 지경이었다. 창문도 닫힌 채였다. 내가 앉자 경관들이 나를 에워쌌다. 내 앞에 열 지어 있는 얼굴들을 본 것은 그때였다. 전부가 나를 지켜보았다. 나는 그들이 배심원이라는 것을 깨달았다. 하지만 각각이 무슨 차이가 있는지 말할 수는 없었다. 나는 단지 하나의 인상을 받았다. 내가 전차 의자 앞에 있고 익명의 승객 전부가 새로운 탑승객에게서 웃음거리를 찾아내기 위해 훔쳐보고 있는 것 같다는. 나는 그것이 물론 어리석은 생각이라는 것을 알았다. 그들이 여기서 찾아내려는 것은 웃음거리가 아니라 범죄였기 때문이다. 크게 다를 것도 없을 테지만, 바로 그 상황에 내게 든 생각은 그런 것이었다.

나는 또한 이 닫힌 방 안의 모든 사람들로 인해 약간 어리

둥절해졌다. 나는 다시 법정 안을 바라보았지만 어떤 얼굴도 구별할 수 없었다. 처음에 이 모든 사람들이 나를 보기 위해 몰려들었다는 사실을 깨닫지 못했던 것 같다. 평소, 사람들은 나란 사람에 대해 관심이 없었다. 내가 이 소란의 모든 원인이라는 것을 이해하기 위해서는 노력이 필요했다. 나는 경관에게 말했다. "사람들이 정말 많군요!" 그는 내게 그것은 언론 때문이라고 답하며 배심원석 아래 탁자 근처에 모여 있는 한 무리의 사람들을 가리켰다. 그가 말했다. "왔군." 내가 "누가요?" 하고 묻자, 그가 되풀이했다. "신문기자들." 그는 마침 그때 그를 본 그 기자들 가운데 한 사람을 알고 있었는데, 그가 우리를 향해 걸어왔다. 그는 호감이 가는, 제법 나이가 든 사내로, 얼굴을 약간 찡그리고 있었다. 그는 경관과 매우 반갑게 악수를 나누었다. 나는 그 순간, 같은 세계의 사람들이 들어와 서로를 발견하고 즐거워하는 클럽이나 되는 것처럼 많은 사람들이 스스럼없이 만나, 말을 걸고 대화를 나누고 있다는 것을 알아챘다. 또한 내가 과도한 존재라는, 다소 억지로 끼어든 존재 같다는 기묘한 인상을 깨닫게 해주었다. 그렇지만, 그 기자는 내게 웃으며 말을 걸어왔다. 그는 모든 것이 내게 유리하게 되길 희망한다고 말했다. 내가 그에게 고맙다고 하자 그가 덧붙였다. "아시다시피 우리는 당신 사건을 좀 키웠소. 여름은, 신문사 입장에서는 비수기요. 그나마 당

신 이야기와 존속살해 건이 유일하게 가치 있는 거였지." 그
러고는 그가 방금 전 떠나온 무리 가운데 커다란 검은 테 안
경에 살찐 족제비처럼 생긴 자그마한 사내 하나를 가리켰다.
그는 파리의 한 신문사 특파원이라고 말했다. "하긴, 그는 당
신 때문에 온 것은 아니오. 그렇지만 그가 존속살해 건 취재
를 맡았기 때문에 동시에 당신 사건도 송고하라고 요청받은
거지." 다시, 나는 그에게 감사하다고 할 뻔했다. 하지만 그것
은 우스꽝스러운 일이라는 생각이 들었다. 그는 내게 다정한
손동작을 살짝 해 보이고는 우리를 떠났다. 우리는 몇 분을
더 기다렸다.

　법복 차림의, 내 변호사가 많은 다른 동료들에 둘러싸여
도착했다. 그는 기자들에게 가서는 악수를 했다. 그들은 농
담하고, 웃으며 법정 안의 종이 울릴 때까지 아주 자유로워
보였다. 모든 사람들이 자신의 자리로 되돌아갔다. 내 변호사
가 나를 향해 와서, 내게 손을 내밀면서 사람들이 묻는 질문
에 나서서 하지 말고 짧게 답하고, 나머지는 자기에게 맡기라
고 조언을 주었다.

　내 왼편에서 의자 끌어당기는 소리가 들렸고, 나는 붉은
옷에 코안경을 걸친 키 크고 마른 남자가 그의 법복을 주의
깊게 접으며 앉는 것을 보았다. 검사였다. 집행관이 개정을
알렸다. 그와 동시에 두 대의 커다란 팬이 윙윙거리기 시작했

다. 세 명의 판사가, 둘은 검정, 세 번째는 붉은 옷을 입고, 서류철을 들고 들어와서는 법정이 내려다보이는 단상을 향해 빠르게 걸어갔다. 붉은 법복의 사내는 중앙의 의자에 앉아서는 그의 법모를 벗어 앞에 내려놓고는 손수건으로 그의 벗겨진 작은 머리를 닦고 나서 공판을 개시한다고 선언했다.

기자들은 이미 손에 펜을 쥐고 있었다. 그들 모두 한결같이 무심한 듯하면서도 약간 비웃는 듯한 표정을 짓고 있었다. 그러나 그들 가운데 회색 플란넬 정장에 푸른색 넥타이를 맨, 다른 이들보다 아주 젊은 사내 하나가 펜을 앞에 내려놓고는 나를 쳐다보고 있었다. 약간 한쪽으로 치우친 그의 얼굴에서 내가 볼 수 있었던 것은, 어떤 감정도 명료히 드러내지 않은 채 주의 깊게 나를 관찰하고 있는 매우 밝은 두 눈이 전부였다. 그러자 마치 나는 나 자신이 나를 지켜보고 있는 것 같은 기묘한 인상을 받았다. 아마 그래서인지, 그리고 그곳의 관례를 알지 못해서인지, 그리고 나서 벌어진 모든 일들, 배심원들의 추첨, 변호사와 검사 그리고 배심원들을 향한 재판장의 질문(그때마다 배심원들의 머리가 동시에 재판장 석으로 향했다), 내가 알고 있는 장소들과 사람들의 이름이 나오는 기소장의 신속한 낭독, 그리고 내 변호사를 향해 던져진 새로운 질문들을 그다지 잘 이해할 수 없었다.

그런데 재판장이 증인을 부르겠다고 말했다. 집행관이 내

115

주의를 끄는 이름들을 읽었다. 그때까지 거의 공공의 인물들이었던 사람들 사이에서, 나는 양로원 원장과 관리인, 토마 페레, 레몽, 마송, 살라마노, 마리, 한 사람 한 사람이 일어나서 옆문으로 사라지는 것을 지켜보았다. 마리는 긴장한 듯 작은 손짓을 보냈다. 마지막으로 이름이 불려지고, 셀레스트가 자리에서 일어섰을 때, 나는 그들을 좀더 일찍 알아보지 못했다는 게 여전히 놀라웠다. 그의 옆에 식당에서 본, 그 재킷에 단호한 표정을 짓고 있는 작은 여자를 알아보았다. 그녀는 나를 강렬하게 바라보았다. 하지만 나는 재판장이 발언을 시작했기 때문에 깊이 생각할 시간이 없었다. 그는 이제 본격적인 심리에 들어갈 텐데 새삼스레 방청객들에게 정숙을 요청할 필요는 없으리라고 믿는다고 말했다. 그에 따르면, 그는 사건에 대한 심리를 공정하고 중립적으로 진행하기 위해 거기에 있었다. 배심원들의 평결은 정의의 정신으로 행해질 것이고, 작은 소란이라도 일으키면, 어떤 경우에도 법정에서 내보내겠다는 것이었다.

열기는 더욱 높아졌고, 나는 법정 안의 방청객들이 신문으로 부채질하는 것을 볼 수 있었다. 그로 인해 바스락거리는 소리가 자그마하게 계속되었다. 재판장이 신호를 보내자 집행관이 짚으로 엮은 부채 세 개를 가지고 왔고, 세 명의 판사는 곧장 그것을 사용했다.

내 심문은 곧바로 시작되었다. 재판장은 침착하면서 심지어, 내게는 그렇게 여겨지는, 어떤 다정한 음색으로 질문했다. 다시 내 신원을 밝히라고 해서 귀찮기는 했지만, 충분히 자연스러운 일이라고 생각했다. 왜냐하면 다른 사람을 잘못 알고 재판을 진행한다면 그건 너무나 심각한 일이 될 터였기 때문이다. 그러고 나서 재판장은 내가 행했던 일에 대한 이야기를 처음부터 다시 시작했는데, 매 세 문장마다 내게 확인 차 말을 걸었다. "맞습니까?" 매번, 나는 내 변호사의 지시에 따라, "예, 재판장님." 하고 대답했다. 재판장이 그 정황을 매우 세심하게 짚었기에 시간이 오래 걸렸다. 그동안 줄곧, 기자들은 받아쓰고 있었다. 나는 그들 중 가장 젊은 기자와 작은 로봇 같은 여자의 시선을 느꼈다. 전차 좌석에 앉아 있는 것 같은 사람들은 일제히 재판장을 돌아보고 있었다. 그는 기침을 했고, 자신의 서류를 뒤척이더니 부채질을 하며 내 쪽을 보았다.

그는 이제부터 내 사건과 무관한 듯 보이지만, 아마도 매우 밀접히 관계되어 있을 문제에 대해 묻겠다고 내게 말했다. 나는 그가 다시 엄마에 관한 이야기를 하겠다는 걸로 이해했고, 그것이 매번 나를 얼마나 곤란하게 하는지를 느꼈다. 그는 내가 엄마를 양로원에 보낸 이유를 물었다. 나는 그녀를 부양하고 보살필 돈이 부족했기 때문이었다고 답했다. 그는 내게 그것이 개인적으로 고통스러웠는지를 물었고, 나는 엄마나 나나 서로에게 또는 다른 사람들에게 그렇듯 기대하는게 더 이상 없었으며, 우리 둘 다 각자의 새로운 생활에 너무나 익숙해 있었다고 답했다. 재판장은 그러자 그 점에 대해 더 이상 강조하고 싶지 않다며 검사에게 다른 질문은 없느냐고 물었다.

그는 내게 반쯤 등을 돌리고 있었는데, 나를 바라보는 법 없이, 재판장님이 허락한다면, 내가 아랍인을 죽일 의도를 가지고 혼자서 샘으로 돌아갔던 건지를 알고 싶다고 표명했다. "아닙니다." 하고 나는 말했다. "그런데, 왜 그는 무기를 가지고 있었고, 왜 바로 그 장소로 되돌아간 걸까요?" 나는 그것은 우연이었다고 말했다. 그러자 검사가 불량한 어투로 말했다. "지금으로서는 이게 전부입니다." 그 이후의 모든 일들이 조금은 혼란스러웠는데, 적어도 내게는 그랬다. 하지만 잠시 협의가 있은 후에, 재판장은 오후까지 휴정한 뒤 증인 신문을 갖겠다고 선언했다.

나는 깊이 생각해 볼 시간이 없었다. 사람들이 나를 끌고 나갔고, 호송차에 태웠으며 내가 밥을 먹을 감옥으로 인도했다. 내가 막 피곤하다는 사실을 깨달은, 매우 짧은 시간 후에, 그들은 다시 나를 데리러 왔다. 모든 것이 다시 시작되었고, 나는 같은 법정 안에서, 같은 얼굴들 앞에 있는 나 자신을 발견했다. 다만 기온은 더욱 뜨거워졌는데, 마치 기적처럼 배심원들과 검사, 내 변호사와 몇몇 기자들에게도 역시 짚으로 된 부채가 제공되어 있었다. 젊은 기자와 그 작은 여인도 여전히 거기에 있었다. 하지만 그들은 부채질을 하지 않고 아직까지 말없이 나를 지켜보고 있었다.

나는 내 얼굴을 덮고 있는 땀을 닦았고 양로원 원장을 부르는 소리가 들려왔을 때야, 그 장소와 내 자신에 대한 의식을 거의 회복할 수 있었다. 사람들은 그에게 엄마가 나에 대해 불평을 했는지를 물었고, 그는 그렇다고, 하지만 재원자들이 자신들의 가까운 사람들에 대해 불평을 늘어놓는 것은 얼마간 강박관념 같은 것이라고 말했다. 재판장은 그에게 그녀가 자신을 양로원에 보낸 일로 나를 비난했는지를 명확히 하라고 했고 원장은 다시 그렇다고 대답했다. 그러나 이번에는 어떤 말도 덧붙이지 않았다. 또 다른 질문에, 그는 장례가 치러진 그날 내 냉정함에 놀랐었다고 답변했다. 그에게 냉정함이 의미하는 바가 뭐냐고 물어졌다. 원장은 그러자 자신의 신발 끝을 내려다보다가는, 내가 엄마를 보고 싶어 하지 않았고, 한 번도 울지 않았으며 장례식이 끝난 후에 엄마의 무덤에서 묵념도 하지 않고 바로 떠났다고 말했다. 한 가지 더 그를 놀라게 한 게 있는데, 장례 일로 부른 장의사 한 명이 내가 엄마의 나이를 알지 못하더라고 했다는 것이다. 일순간 침묵이 흘렀고 재판장이 그에게 지금까지 말한 그 사람이 내가 정말 맞느냐고 물었다. 원장이 그 질문을 이해를 못한 듯하자, 그가 말했다. "이게 절차입니다." 그러고는 재판장이 차장검사에게 증인에게 더 이상 물을 질문이 없느냐고 물었고 그 검사는 소리쳤다. "아! 아닙니다. 이것으로 충분합니다." 그렇게 큰 소리와 함께 내 쪽을 향해 승리에 찬 표정을 지어 보여서, 나는 이 모든 사람들이 나를 얼마나 미워하고 있는지를 느낄 수 있었기에 아주 오랜만에 다시 울고 싶다는 바보 같은 충동을 느꼈다.

배심원단과 내 변호사에게 다른 질문이 있는지를 물은 후, 재판장은 관리인의 진술을 들었다. 그에게도 모든 다른 사람들처럼 같은 절차가 되풀이되었다. 자리를 잡고서, 관리인은 나를 바라보고는 눈길을 돌렸다. 그는 자신에게 주어진 질문에 답했다. 그는 내가 엄마를 보고 싶어 하지 않은 것, 담배를 피웠던 것, 잠을 잔 것, 그리고 밀크 커피를 먹은 것에 대해 말했다. 나는 그때 온 장내에 끓어오르는 어떤 적대감 같은 것을 느꼈다. 처음으로, 나는 내가 죄를 지었다는 것을 이해했다. 누군가 관리인에게 밀크 커피와 담배에 대한 이야기를 되풀이하게 했다. 차장검사가 조소를 띤 눈으로 나를 보았다. 그때, 내 변호사가 관리인에게 그도 나와 함께 담배를 피우지 않았느냐고 물었다. 그런데 검사가 이 질문에 대해 격

분하며 벌떡 일어섰다. "지금 죄인이 누구인데 검사 측 증인을 깎아내려 증언을 최소화시키려는 이런 방법이 다 뭐란 말입니까. 그런다고 결정적인 것들이 사라지는 게 아닙니다!" 그럼에도 어쨌든, 재판장은 관리인에게 그 질문에 답하라고 요청했다. 노인은 당황한 투로 말했다. "제가 잘못했다는 걸 저도 잘 알고 있습죠. 하지만 저분이 권하는 담배를 거절할 수가 없었습니다." 끝으로, 누군가 내게 덧붙일 게 아무것도 없느냐고 물었다. "아무것도 없습니다." 하고 나는 대답했다. "증인이 옳습니다. 제가 그에게 담배를 권한 것이 원인입니다." 관리인이 그때 조금 놀라며 감사하다는 듯 나를 바라봤다. 그는 주저하더니, 내게 밀크 커피를 권한 것은 자기라고 말했다. 내 변호사는 크게 의기양양해져서 배심원들은 참작해야 할 것이라고 말했다. 하지만 검사는 우리 머리 위에서 천둥치듯 말했다. "예, 배심원님들께서는 참작하실 겁니다. 또한 이 방인이 커피를 제안 받을 수는 있지만, 그 아들은 자신을 낳아 준 분의 시신 앞에서 거절해야만 했다는 것에 대해 판단하실 겁니다." 관리인은 그의 자리로 돌아갔다.

토마 페레의 순서 때는, 집행원 한 사람이 증인석까지 부축했다. 페레는 나의 어머니와는 각별히 알고 지냈고, 나는 장례식 당일 한 번밖에 보지 못했다고 말했다. 누군가 그에게 그날 내가 어떠했는지 물었고, 그는 대답했다. "이해하실 겁니

121

다. 제 자신이 몹시 괴로워서, 아무것도 보지 못했습니다. 보이는 것을 참는 것조차 괴로운 일이었습니다. 제게는 너무나 큰 괴로움이었기 때문입니다. 심지어, 저는 의식을 잃기까지 했습니다. 그래서 저는 저분을 보지 못했습니다." 차장검사가 그에게 혹시, 적어도, 내가 우는 것을 보았느냐고 물었다. 페레 씨는 못 봤다고 대답했다. 그러자 검사가 그의 순서에 말했다. "배심원님들 참작해 주십시오." 하지만 내 변호사가 화를 냈다. 그는 페레에게 내가 생각하기에도 지나친 목소리로 물었다. "혹시 내가 울지 않는 건 보았습니까?" 페레가 "아니요."라고 말했다. 사람들이 웃음을 터뜨렸다. 하지만 내 변호사는, 자신의 옷소매를 걷어 올리며 단호한 목소리로 말했다. "그렇습니다, 이 소송의 모습이 이렇습니다. 전부 사실이면서 사실인 것은 아무것도 없는 것입니다!" 검사의 얼굴이 굳어졌고 연필로 문서의 표제들을 쿡쿡 찔러 댔다.

이후 5분 동안의 휴정 중에 변호사는 내게 모든 것이 최고로 되어 가고 있다고 말했고, 변호를 위해 소환한 셀레스트의 진술을 들었다. 변호할 이는, 바로 나였다. 셀레스트는 가끔 내 쪽으로 시선을 던졌고 그의 손안의 파나마모자를 돌리고 있었다. 그는 나와 함께, 몇몇 일요일에, 경마장에 갈 때 입곤 하던 새 양복을 입고 있었다. 하지만 그는 단지 구리 단추 하나로 셔츠를 채우고 있는 것으로 보아 칼라는 달지 못한 것 같았다. 그에게 내가 그의 고객인지를 묻자 그는 말했다. "네, 하지만 또한 친구이기도 합니다." 나에 대해 어떻게 생각하느냐고 하자 나를 사내답다고 대답했다. 그게 무슨 뜻이냐는 요청을 받자 그는 그것이 의미하는 바는 세상 사람 전부가 안다고 말했다. 혹시 내가 감정을 밖으로 드러내지 않는 사람이었던 걸 알고 있었느냐고 하자 단지 내가 아무 의미 없이 말을 하지 않았다는 점에서는 그렇다고 인정한다고 했다. 차장검사는 그에게 혹시 내가 식대는 어김없이 치렀는지를 물었다. 셀레스트는 웃고나서 말했다. "우리 사이에 그런 것들은 사사로운 일입니다." 누군가 그에게 다시 내 범죄에 대해 어떻게 생각하느냐고 물었다. 그는 그때 그의 손을 증언대 위에 올렸고 사람들은 그가 준비한 어떤 것을 볼 수 있었다. 그가 말했다. "제가 보기에, 이건 불행입니다. 불행은, 모든 사람들이 그게 뭔지 알고 있습니다. 그것은 우리를 무방비 상태로 이끕니다. 그렇습니다! 제가 보기에 이건 불행입니다." 그는 계속하려 했지만, 재판장이 그에게 잘 알겠다고 감사하다고 말했다. 그래서 셀레스트는 잠깐 멈추어야 했다. 하지만 그는 다시 더 말하고 싶다고 강하게 말했다. 그에게 간단히 하라는 요청이 있었다. 그는 다시 이것은 불행이라고 되풀이했다. 그러자 재판장이 그에게 말했다. "네, 그것은 잘 알겠습니다. 그렇지만 우리가 그런 종류의 불행을 판정하기 위해 있는 것입니다. 수고하셨습니다." 마치 자신의 수단과 선의가 한계에 다다른 것처럼, 셸레스트는 나를 향해 몸을 돌렸다. 그가 두 눈을 번뜩이며 입술을 떨고 있는 것처럼 보였다. 그는 내게 자신이 계속해서 말할 수 있게 요청해 달라고 하는 듯했다. 나는 아무 말도 하지 않았고, 어떤 몸짓도 하지 않았지만, 그것이 내 인생에서 한 남자를 끌어안고 싶었던 첫 번째였다. 재판장은 그에게 다시 증언대에서 내려가라고 명했다. 셸레스트는 법정의 자기 자리로 갔다. 방청석에 남아 있는 동안 내내, 그는 앞으로 몸을 약간 숙이고, 무릎을 구부린 채, 손에 파나마모자를 쥐고, 그곳에서 말해지는 전부를 듣고 있었다. 마리가 들어섰다. 그녀는 모자를 쓰고 있었고 여전히 아름다웠다. 하지만 나는 그녀의 묶이지 않은 머리를 더 좋아한다. 내가 있는 곳에서, 나는 그녀의 가슴의 섬세한 중량감을 짐작할 수 있었고, 여전히 약간 도톰한 아랫입술을 알아볼 수 있었다. 그녀는 몹시 긴장한 듯 보였다. 즉시, 누군가 그녀에게 나를 안 것이 언제부터였는지를 물었다. 그녀는 자신이 우리 사무실에서 일하던 때를 댔다. 재판장은 나와의 관계를 알고 싶어 했다. 그녀는 자신이 내 친구였다고 말했다. 또 다른 질문에 그녀는 나와 결혼하기로 되어 있는 게 사실이라고 답했다. 서류를 뒤적이던 검사가 느닷없이 그녀에게 우리의 관계가 시작된 게 언제냐고 물었다. 그녀는 그 날짜를 댔다. 검사는 냉담한 표정으로 그녀에게 그날은 엄마가 죽은 다음 날일 것 같다고 지적했다. 그러고 나서 약간 비꼬는 투로, 그런 민감한 상황에 대해 말해 줄 걸 요구하고 싶지는 않다, 마리의 거리낌도 이해한다. 하지만(여기서 그의 어조는 더욱 냉혹해졌다) 자신의 의무를 다하기 위해 그녀에게 결례를 범할 수밖에 없을 것 같다고 말했다. 그는 따라서 마리에게 내가 그녀를 알게 된 그 하루를 요약해 줄 것을 요청했다. 마리는 말하고 싶어 하지 않았지만, 검사의 반복되는 요구에, 우리의 수영, 영화 관람과 내 집으로의 귀환에 대해 말했다. 차장검사는 예심에서의 마리의 진술을 쫓아, 자신은 그날 자 프로그램을 찾아보았다고 말했다. 그는 그때 무슨 영화를 상영했는지 마리 스스로 말해 달라고 덧붙였다. 정말이지, 거의 순진무구한 목소리로, 그녀는 그건 페르낭델 영화였다고 밝혔다. 그녀가 말을 마쳤을 때 침묵이 법정 안을 채웠다. 검사가 그러고는 일어서서, 매우 심각하면서도 내가 듣기에도 실제로 마음을 움직이는 목소리로, 나를 손가락으로 지목하며, 천천히 분명하게 말했다. "배심원 여러분, 그의 어머니가 돌아가신 다음 날, 이 사람은 수영을 하고, 부도덕한 애정관계를 시작했으며, 코미디 영화 앞에서 웃어 댄 것입니다. 저는 더 이상 여러분에게 할 말이 없습니다." 여전히 침묵이 흐르는 가운데, 그는 자리에 앉았다. 그런데, 갑자기, 마리가 울음을 터뜨리며, 그런 게 아니다. 다른 것도 있다. 사람들이 자신이 생각하는 것과 반대로 말하게 강요한 거다. 자기는 나를 잘 알고, 나는 잘못한 게 아무것도 없다, 고 말했다. 하지만 진행원이, 재판장의 신호에 따라, 그녀를 데리고 나갔고 재판은 계속되었다.

뒤이어, 사람들은 마송이 나는 정직한 사람이며 "그리고 더해서 말하자면, 올곧은 사람이다."라고 표명하는 것을 간신히 들었을 뿐이었다. 다시 사람들은 살라마노가 내가 그의 개를 좋아했다는 것을 회상하는 것과 내 어머니와 나에 대해 말해지는 어떤 질문에, 나는 엄마와 더 이상 나눌 말이 아무것도 없었다는 것과 그것이 내가 그녀를 양로원에 보낸 이유라고 답하는 것을 간신히 들었을 뿐이었다. "이해하셔야 합니다." 살라마노는 말했다. "이해하셔야 합니다." 하지만 사람들은 이해하는 것 같지 않았다. 누군가 그를 데리고 나갔다.

그러고 나서 레몽의 차례가 왔다. 그는 마지막 증인이었다. 레몽은 내게 살짝 손을 흔들어 보이고 즉시 나는 죄가 없다고 말했다. 하지만 재판장은 우리가 그에게 바라는 것은 판단이 아니라 사실이라고 말했다. 그는 레몽에게 질문을 기다렸다가 대답하라고 권고했다. 그에게 희생자와의 관계를 명확히 밝히라는 요구가 주어졌다. 레몽은 기회를 틈타 자신이 피살자의 여동생에게 모욕을 준 이후부터 마지막까지 미

위한 것은 바로 자신이었다고 말했다. 재판장은 그럼에도 희생자가 나를 미워할 이유가 없었겠는지를 물었다. 레몽은 해변에서의 내 존재는 우연의 결과였다고 말했다. 검사가 그에게 그러면 어째서 비극의 발단이 된 편지가 나에 의해 쓰여지게 된 것인지를 물었다. 레몽은 그것은 우연이었다고 대답했다. 검사는 이 이야기를 인지하는 데 우연이 이미 너무 많이 저질러진 게 아니냐고 되물었다. 그는 레몽이 그의 여동생에게 모욕을 가하려 할 때 개입하지 않은 것도 우연이었는지, 내가 경찰서에서 증인 역할을 한 것도 우연이었는지, 나의 진술이 그때 환심을 사려 드러낸 증언이었던 것도 역시 우연이었는지 알고 싶다고 했다. 마지막으로, 그는 레몽에게 생계수단이 뭐냐고 물었다. 그리고 그 마지막 증인이 "창고지기"라고 대답했을 때, 차장검사는 배심원들에게 증인이 포주 일에 종사한다는 것은 일반적으로 알려진 주지의 사실이라고 선언했다. 나는 그의 공범이었고 친구였다. 이것은 더할 나위 없이 질 낮은 종류의 저속한 참사로, 우리가 도덕적 괴물을 상대하고 있다는 사실로 인해 더 심각히 문제가 된다는 것이었다. 레몽은 자신을 변호하길 원했고 내 변호사도 항의했지만, 그들에게 검사의 논고가 끝나길 기다리라고 말해졌다. 그자가 말했다. "더할 게 조금 남아 있습니다. 저 사람이 당신의 친구였습니까?" 그가 레몽에게 물었다. "그렇습니다." 레몽이 말했다. "그는 친한 친구였습니다." 차장검사는 그러고 나서 내게 같은 질문을 던졌고 나는 눈길을 피하지 않는 레몽을 바라봤다. 나는 "네." 하고 대답했다. 검사는 그러고 나서 배심원들을 향해 돌아서서는 말했다. "자신의 어머니가 돌아가신 직후 더할 나위 없이 수치스러운 방탕함에 몰두하던 바로 그 사내가 하찮은 이유와 차마 말로 할 수 없는 치정 사건을 정리하기 위해 살인을 벌였던 것입니다."

그는 그러고 나서 자리에 앉았다. 하지만 인내심이 한계에 이른 내 변호사가, 두 팔을 높이 쳐들며 소리쳤고, 그로 인해 옷소매가 아래로 처지면서 풀 먹인 셔츠의 주름이 드러났다. "요컨대, 그가 기소된 것은 어머니를 땅에 묻어서 입니까, 아니면 한 사내를 죽여서입니까?" 방청객들이 웃음을 터뜨렸다. 그러나 검사가 다시 몸을 일으켜 세우더니, 그의 법복을 바로잡고는, 이 두 개의 다른 사실 사이에는 하나의 깊고, 비장하며, 필수불가결한 관계가 있다는 것을 느끼지 못하겠다면 정직한 변호인은 솔직해질 필요가 있다고 말했다. "그렇습니다." 그자는 힘주어 소리쳤다. "저는 범죄자의 가슴으로 어머니를 매장한 이 사람을 고발합니다." 이 선언은 방청객들에게 중대한 효과를 불러일으킨 듯 보였다. 내 변호사는 어깨를 으쓱하고는 이마를 덮은 땀을 훔쳤다. 그러나 그 자신이 동요한 듯했고, 나는 상황이 내게 좋게 흐르고 있지 않다는 것을 깨달았다.

공판은 속행되었다. 법원을 나서 호송차로 가면서, 나는 아주 잠깐 여름날 저녁의 냄새와 색깔을 인식했다. 구르는 감옥의 어둠 속에서, 나는 피로의 밑바닥에서인 것처럼, 내가 사랑했던 도시와 내가 행복감을 느끼기에 이르렀던 어떤 시간의 모든 친밀한 소음들을 하나하나 다시 찾아냈다. 이미 부드러워진 공기 속의 신문팔이들의 외침, 공원의 마지막 새소리, 샌드위치 상인의 부르짖음, 시내 높은 곳을 돌면서 내는 전차의 신음 소리, 그리고 밤이 항구 위로 내려앉기 직전에 울리는 하늘의 웅성거림, 이 모든 것들이 보이지 않는 여정 속에서 재구성되었고, 그것이 감옥으로 들어가기 전이라는 걸 잘 알고 있었다. 그렇다, 그것은 오래전부터 내가 행복을 느꼈던, 바로 그 시간이었다. 그때 나를 기다리고 있던 것, 그것은 언제나 가볍고 꿈도 없는 잠이었다. 그리고 그럼에도 바뀐 것은, 다음 날의 기다림과 함께, 내가 다시 찾는 것은 감방이라는 사실이었다. 마치 여름 하늘을 따라 난 친숙한 길이 감옥으로도 무고한 잠으로도 이끌 수 있는 것처럼.

IV

심지어 피고석에서일지라도, 자신에 대해 말하는 것을 듣는 일은 언제나 흥미로운 일이다. 검사와 변호사간의 진술과 변론이 오가는 동안, 나에 관한 많은 이야기를 했는데 아마 내 범죄에 대해서보다 나 자체에 대해 더 많은 말이 오갔다고 할 수 있다. 게다가 그 진술들은, 정말 그렇게 차이가 있었던 것일까? 변호사는 팔을 들어 올리며 죄를 시인하고 변론했지만, 변호를 했다. 검사는 손을 내밀며 죄의식을 고발했지만, 변호는 없었다. 그럼에도 한 가지 사실은 분명하다. 내 고정관념에도 불구하고 나는 가끔 발언하고 싶었고 내 변호사는 그때마다 내게 말했다. "아무 말 마세요. 당신 입장에서는 그게 낫습니다." 어떻게 보면, 사람들은 나를 제외하고 그 사건을 다루는 것처럼 보였다. 모든 일이 나의 발언 없이 진행되었다. 누구도 내게 의견을 구하지 않은 채 내 운명이 정해지고 있었다. 때때로 나는 모두의 말을 중단시키고 말하고 싶었다. "그렇지만, 피고가 누구란 말입니까? 피고의 존재가 중요한 겁니다. 나도 할 말이 있습니다." 하지만 깊이 생각해 보자,

나는 아무 할 말이 없었다. 더구나, 나는 사람들의 관심을 끄는 데서 얻는 흥미가 오래가지 않을 거라는 걸 알아야만 했다. 예컨대, 검사의 진술은 나를 매우 빨리 지치게 만들었다. 내게 강한 인상을 주거나 내 흥미를 불러일으킨 것은 몸짓 또는 전체적으로 장황한 가운데 떨어져나온, 단지 일부분에 불과했다.

그의 생각의 바탕은, 만약 내가 잘 이해한 것이라면, 내가 범죄를 사전에 계획했다는 것이었다. 적어도, 그는 그것을 입증하려고 애썼다. 그 스스로 말한 바처럼. "저는 그것을 증명해 보일 겁니다, 여러분. 그것도 이중으로 할 것입니다. 우선 사실의 명명백백한 명확성 아래서, 그리고 이 정신적 범죄가 내게 주는 직감의 어두운 빛 속에서". 그는 엄마의 죽음부터 시작해 사실들을 요약했다. 그는 내 도덕적 무감각과, 내가 엄마의 나이를 몰랐던 점, 다음 날의 해수욕, 여자와 함께한 페르낭델 영화 관람, 그리고 마지막으로 마리와 함께 집으로 돌아온 것을 되살렸다. 나는 그때, 내게 그녀는 그냥 마리인데, 그가 "그의 정부"라고 말했기 때문에, 그걸 이해하는 데 시간이 좀 걸렸다. 그러고 나서 그는 레몽 이야기로 들어갔다. 나는 사건을 보는 그의 방식의 투명함이 잘못되지 않았다는 것을 발견했다. 그가 말하는 것은 그럴듯했다. 나는 레몽과 합의하에 그의 정부를 공격하기 위해 편지를 썼고 '도덕관념이 의심스러운' 그 사내에게 나쁜 처리를 맡겼다. 나는 해변에서 레몽의 상대들을 도발했다. 그자가 부상을 당했다. 나는 그의 권총을 달라고 요청했다. 나는 그것을 사용하기 위해 혼자서 돌아왔다. 나는 내가 계획한 대로 아랍인을 쏘았다. 나는 기다렸다. 그리고 "일이 제대로 되었는지 확실히 하기 위해" 나는 네 발을 더 쏘았다. 침착하고, 확실하게, 말하자면 깊이 생각한 연후에.

"자, 여러분." 차장검사는 말했다. "저는 여러분 앞에서 이 사람이 사정을 완전히 인지한 상태에서 살인을 하게 되기까지의 사건 과정을 되짚어 보았습니다. 저는 이 점을 강조합니다." 그가 말했다. "왜냐하면 이것은 평범한 살인이 아니고, 여러분이 정상을 참작할 만한 무의식적인 행위도 아니기 때문입니다. 이 사람은, 여러분, 이 사람은 똑똑합니다. 여러분도 들으셨을 겁니다. 그렇지 않은가요? 그는 어떻게 답해야 하는지를 알고 있습니다. 그는 말의 가치를 알고 있습니다. 그리하여 우리는 그가 무슨 짓을 저질렀는지 깨닫지도 못한 채 행동했다고 말할 수는 없다는 것입니다."

나는 귀를 기울이고 있었으므로, 내가 똑똑하다고 평가된다는 사실을 들을 수 있었다. 하지만 나는 보통 사람의 장점이 어떻게 죄인에게는 반대로 무거운 부담이 될 수 있는지를 잘 이해하기 힘들었다. 적어도 그건 나를 놀라게 만들었고,

그래서 다음과 같은 말이 들리기 전까지 나는 더 이상 검사의 말에 귀를 기울이지 않았다. "그가 후회하는 기색이라도 비친 적이 있습니까? 전혀 아닙니다, 여러분. 이 사람은 예심 중에도 가증스러운 범죄로 동요한 적이 단 한 번도 없었습니다." 그때, 그는 내게로 몸을 돌려 손가락으로 나를 가리키며, 계속해서 공격을 해댔는데, 나는 사실 왜 그러는지를 잘 이해할 수 없었다. 물론, 나는 그가 옳다는 것을 인정하지 않을 수 없었다. 나는 내 행동을 크게 후회하지 않았던 것이다. 하지만 그렇게 큰 증오심은 나를 놀래켰다. 나는 진심으로, 거의 애정을 담아, 실제로 나는 무언가를 후회해 본 적이 결코 없다고, 그에게 설명해 주려 애써 보고 싶었다. 나는 항상 앞으로 일어날 일, 오늘 또는 내일에 사로잡혀 있었다. 그러나 물론 당연히, 내가 처한 그 위치에서 나는 누구에게도 그런 식으로 말할 수는 없었다. 나는 내 다정함이나, 선의를 내보일 자격이 없었던 것이다. 그리고 나는 다시 귀를 기울이려고 애썼는데, 왜냐하면 검사가 나의 영혼에 대해 말하기 시작했기 때문이다.

그 영혼을 살펴보았는데 아무것도 찾을 수 없었습니다. 배심원 여러분, 이라고 그가 말했다. 그는 진실로, 내가 영혼과 인간적인 면이 없었고, 인간의 마음을 지키는 도덕적 기반이 열려 있지 않았다고 했다. "물론, 우리는 그를 비난할 수 없습니다. 그가 획득할 수 없었을 그것을, 그가 갖지 않았다고 불평할 수만도 없습니다. 하지만 그가 이 법정에 온 이상, 관용이라는 모든 소극적 미덕은 쉽진 않겠지만, 그에 맞게, 더 높은 정의로 바뀌어야만 할 것입니다. 무엇보다 이 사람 안에서 발견되는 그런 마음의 공허가 사회를 파멸시키는 깊은 구렁이 될 것이기에 더욱 그래야 할 것입니다." 하고 그는 덧붙였다. 그가 엄마를 향한 내 태도에 대해 말을 꺼낸 건 그러고 나서였다. 그는 심리 중에 그가 했던 말을 되풀이했다. 하지만 그것은 내 범죄를 말할 때보다 훨씬 더 길어서, 어찌나 길던지, 종국에, 나는 그 순간까지, 적어도, 차장검사가 말을 마치고, 잠깐의 침묵이 흐른 후, 매우 낮고 매우 확신에 찬 목소리로 되풀이할 때까지는, 그날 아침의 더위를 더욱 느끼지 않을 수 없었다. "이곳의 같은 법정에서, 여러분, 가장 극악무도한 범죄를 심판하게 될 것입니다. 곧 부친 살해 범죄를 말입니다." 그에 따르면, 이 잔혹한 범행 앞에서는 상상력도 뒷걸음질 친다는 것이었다. 그는 감히 인간들의 정의가 약해짐 없이 처벌을 내릴 것을 희망한다고 했다. 그는 그러나, 이 범죄가 불러일으키는 그 공포도 내 도덕적 무감각 앞에서 느끼는 그것에는 거의 미치지 못한다고 주저없이 말할 수 있다고도 했다. 여전히 그에 따르면, 정신적으로 자신의 어머니를 죽인 사람은 자신을 태어나게 한 창조자에게 어떤 죽음의 손을 가

하는 자와 같은 자격으로 인간 사회로부터 몸을 피한다는 것이었다. 어쨌든, 전자는 후자의 행위의 초석이 되고, 어떤 의미에서, 전조가 되고 정당화한다는 것이다. "저는 확신합니다, 여러분." 그는 목청을 높여 덧붙였다. "만약 제가 이 자리에 앉아 있는 저 사람이 이 법정에서 내일 심판할 살인자와 같은 죄인이라고 말한다 해도, 여러분은 내 생각이 너무 방약무인하다 여기지 않을 것이라고 말입니다. 따서 그는 처벌받아 마땅한 것입니다." 여기서, 검사는 땀으로 빛나는 자신의 얼굴을 닦았다. 그는 마침내 자신의 의무는 고통스러운 것이지만, 단호하게 끝을 맺을 것이라고 말했다. 그는 내가 사회의 가장 근본적인 규범들도 무시했으므로 이 사회와 아무런 관련이 없으며, 기본적인 반응에도 무지했으므로 인간의 가슴에 호소할 수도 없을 것이라고 주장했다. "저는 여러분께 이 사람의 머리를 요구하는 바입니다." 그가 말했다. "가벼운 마음으로 여러분께 요구합니다. 왜냐하면 앞서 제 오랜 경력 동안 사형선고를 요청해야 하는 일이 있었지만, 결코 오늘만큼, 괴물뿐이 읽히지 않는 이 사람의 얼굴 앞에서 느끼는 공포로 절대적이고 성스러운 명령이라는 자각과 함께, 이 고통스러운 의무가 마땅하고, 형평에 맞으며, 명백하다고 느낀 적이 없었기 때문입니다."

검사가 다시 앉았을 때, 제법 긴 침묵이 흘렀다. 나는, 더위와 놀라움으로 몽롱한 상태였다. 재판장이 살짝 헛기침을 하고는 매우 낮은 목소리로, 내게 혹시 덧붙여 할 말이 없느냐고 물었다. 나는 자리에서 일어났고 내가 말을 하고 싶었던 듯이, 더구나 조금 무작정, 그 아랍인을 죽일 의도가 없었다고 말했다. 재판장은 그것도 하나의 주장이라며, 지금까지 그는 내 변론의 방법을 잘 파악하지 못했으므로, 변호사의 말을 듣기 전에 내가 내 행동을 일으킨 동기를 분명하게 밝히면 만족스럽겠다고 말했다. 나는 불쑥, 말이 조금 섞이고, 나 스스로 터무니없다는 것을 알았지만, 그것은 태양 때문이었다고 말했다. 법정에 웃음이 일었다. 내 변호사가 어깨를 으쓱했고, 잠시 후 곧바로, 그에게 발언권이 주어졌다. 하지만 그는 시간도 늦었으며 또 몇 시간이 걸릴 수 있으니, 공판을 오후까지 연기해 줄 것을 요청한다고 표명했다. 법정은 거기에 동의했다.

그날 오후, 커다란 팬들이 여전히 법정의 무거운 공기를 휘저으며 돌아가고, 배심원들의 다양한 색깔의 작은 부채들도 전부 일정하게 움직이고 있었다. 내 변호사의 변론은 결코 끝날 것 같지 않았다. 그런데 어느 순간, 나는 귀를 기울였는데, "내가 살인을 한 것은 사실이다"라고 그가 말했기 때문이다. 그 후 그는 나에 관해 말할 때마다 같은 어조로 "내가"라고 말했다. 나는 매우 놀랐다. 나는 경관 한 명에게 몸을 굽혀 그 이유가 뭐냐고 물었다. 그는 내게 조용히 하라고 했고, 잠시 후에야, 덧붙였다. "모든 변호사들이 그렇게 합니다." 나는, 그것이 이 사건에서 나를 떼어 놓고, 나를 제로로 만들어 버리고, 어떤 의미에서는, 나를 대체하는 거라고 생각했다. 하지만 이미 나는 그 법정으로부터 아주 멀리 떨어져 있다고 믿었다. 게다가, 내 변호사도 내겐 터무니없게 여겨졌다. 그는 그의 도발에 대해 황급히 변론한 다음, 그 역시 내 영혼에 대해서 얘기했다. 하지만 내게 그는 검사에 비해 능력이 훨씬 떨어져 보였다. 그는 말했다. "저 또한, 이 사람의 영혼을 들여다보았습니다. 하지만, 탁월한 검찰청의 대리인과는 반대로, 저는 무언가를 발견했고, 저는 거기서 펼쳐진 책을 보듯 읽었다고 말할 수 있을 것 같습니다." 그는 거기서 내가 정직한 사람이며, 한 사람의 합법적인 봉급생활자로, 지치는 법 없이, 고용된 회사에 충실한, 모두에게 사랑받으면서 다른 사람들의 재난을 동정하는 사람이라는 것을 읽었다. 그에게 있어서, 나는 그가 할 수 있는 한 오래 그의 어머니를 부양했던 도덕적인 아들이었다. 종국에 나는 내 재력으로는 늙은 여인이 얻고자 하지만 줄 수 없었던 안락함을 양로원이 제공해 주길 희망했던 것이다. "저는 놀랐습니다, 여러분." 그는 덧붙였다. "이 양로원을 둘러싸고 그렇듯 커다란 소음이 오간다는 것에 대해 말입니다. 결국, 만약 이러한 시설들의 유용성과 중요성을 증명하는 것이 필요하다는 것이라면, 그것은 그들에게 보조금을 주는 정부 그 자체에 대해 말해져야만 할 거라는 것입니다." 다만, 그는 장례식에 관해서는 언급하지 않았고, 나는 그 점이 그의 변론에서 부족한 부분이라고 생각했다. 그러나 그 모든 장광설, 내 영혼에 대해 말해지던 그 모든 날들의 끝없는 시간 때문에, 나는 그곳이 현기증이 나는, 모든 것이 무색의 물 같다는 인상을 받았다.

종래, 내가 기억하는 거라곤 내 변호사가 말을 계속하는 동안 아이스크림 장수가 부는 나팔 소리가 거리에서부터 온 방들과 법정을 거쳐 나에게까지 울려 퍼졌다는 것뿐이었다. 더 이상 내게 속하지는 않지만, 가장 사소하고도 절대 지워지지 않을 기쁨을 주었던 추억들이 나를 엄습했다. 여름의 냄새, 내가 사랑했던 동네, 어느 날의 저녁 하늘, 마리의 웃음과 원피스들. 그러자 이곳에서 내가 하고 있는 모든 부질없는 것들이 목구멍까지 치받쳤고, 내게는 단지 일을 끝내고 내 감방으로 돌아가 잠들 수 있길 바라는 조바심밖에 남지 않았다. 나는 변호인이 외치는 소리를 겨우 들었는데, 요컨대, 배심원들은 잠깐 길을 잃었던 성실한 일꾼을 죽음으로 보내는 걸 원치 않을 것이며, 이미 나는 내 죄에 대한 가장 확실한 형벌로서 영원한 양심의 가책을 지고 있으니 정상참작을 요청한다는 것이었다. 법정은 휴회되었고 내 변호사는 기진맥진한 기색으로 자리에 앉았다. 하지만 그의 동료들이 그와 악수하려고 그에게로 다가왔다. 나는 들었다. "굉장했소, 변호사!" 그들 중 하나는 심지어 나를 증인 삼고자 했다. "그렇죠?" 그가 내게 말했다. 나는 고개를 끄덕이긴 했지만, 본심에서 우러나온 건 아니었다. 나는 너무 피곤했던 것이다.

그럼에도, 그 시간 바깥은 날이 저물고 있었고 열기는 누그러져 있었다. 내게 들려오는 거리의 얼마간의 소음으로, 나는 저녁의 부드러움을 짐작할 수 있었다. 우리는 모두 거기서 기다리고 있었다. 우리가 함께 기다리고 있는 그것은 오로지 나와 관련된 것이었다. 나는 다시 장내를 둘러보았다. 모든 것이 첫날과 동일했다. 나는 회색 재킷을 입은 기자와 로봇 여자의 시선과 마주쳤다. 그러자 재판이 진행되는 동안 내내 나의 시선이 마리를 찾으려 하지 않았다는 것에 생각이 미쳤다. 내가 그녀를 잊고 있었던 건 아니었으나, 할 일이 너무 많았던 것이다. 나는 셀레스트와 레몽 사이에 있는 그녀를 보았다. 그녀는 내게 마치 "끝났네"라고 말하고 있는 듯한 작은 손짓을 보냈고 나는 조금 걱정스러운 미소를 띠고 있는 그녀의 얼굴을 보았다. 하지만 나는 내 가슴이 닫혀 버린 것을 느꼈고, 심지어 그녀의 미소에 답할 수조차 없었다.

재판이 재개되었다. 매우 빠르게, 누군가 배심원들에게 일련의 쟁점들을 읽어 주었다. 나는 '살인의 유죄'… '사전 모의'… '정상을 참작케 하는 상황'이라는 말을 들었다. 배심원들이 퇴장하고 누군가 나를 전에 대기한 바 있던 작은 방으로 데리고 갔다. 내 변호사가 나를 따라왔다. 그는 매우 수다스럽게, 이전에는 행하지 않았던 자신감과 진심을 더해 내게 말했다. 모든 것이 잘되어서, 내가 몇 년간의 금고형이나 징역형에 처해지는 것으로 끝날 것 같다고. 나는 그에게 만약에 불리한 판결이 나면 파기될 가능성도 있는지 물었다. 그는 없다고 말했다. 배심원들의 심기를 거스르지 않기 위해 어떤 법률적 주장도 내놓지 않은 게 자신의 전략이었다는 것이다. 그는 아무 이유 없이 그처럼 판결을 철회하지는 않는다고 설명했다. 그것은 명백해 보였고, 나는 그의 논리를 수긍했다. 냉정하게 보면 그것은 완전히 자연스러운 것이었다. 반대의 경우라면 쓸데없는 서류 작업이 너무 많아질 테니까. "그래도, 항소는 할 수 있습니다. 하지만 저는 좋은 결과가 나오리라고 확신합니다." 하고 변호사가 말했다.

우리는 매우 오랫동안 기다렸는데, 얼추 사오십 분은 된 것 같다, 고 믿어졌다. 그쯤이 지나 벨이 울렸다. 내 변호사는 나를 떠나면서 말했다. "배심원 측 대표가 평결문을 읽을 겁니다. 당신은 판결을 선고할 때나 들여보내질 겁니다." 문들이 소리를 냈다. 사람들이 계단을 뛰어 오르내렸지만 그들이 가까이 있는지 혹은 멀리 있는지 알 수 없었다. 그러고 나서 나는 법정 안에서 무언가를 읽는 낮은 목소리를 들었다. 다시 벨이 울렸을 때, 그 공간의 문이 열리고, 나를 향해 불러일으켜진 것은, 침묵, 그리고 젊은 기자가 눈길을 돌리는 것을 알아보는 동안의 그 특이한 느낌의 정적이었다. 나는 마리가 있는 쪽을 볼 수 없었다. 그럴 시간이 없었다. 재판장이 이상한 말투로 프랑스 국민의 이름으로 공공 광장에서 내 머리가 잘리게 될 것이라고 말했기 때문이다. 그때 나는 내가 모든 사람들의 얼굴에서 읽었던 감정을 알아차렸던 것 같다. 그것은 배려 같은 것이었다고 믿는다. 경관들은 나를 매우 부드럽게 대했다. 변호사는 그의 손을 내 손목에 올려놓았다. 나는 더 이상 어떤 생각도 하지 않았다. 하지만 재판장이 내게 덧붙일 어떤 말이 있는지 물었다. 나는 곰곰이 생각했다. 나는 말했다. "없습니다." 누군가 나를 데리고 나간 것은 그러고 나서였다.

V

세 번째로, 나는 부속 사제의 접견을 거절했다. 나는 그에게 할 말이 없었고, 말하고 싶지도 않거니와, 곧 그를 충분히보게 될 터였다. 지금 당장의 내 관심사는, 그 역학에서 벗어나는 것, 그 필연적인 것에서 헤어날 길이 있는지를 알아보는것이다. 내 감방이 바뀌었다. 이곳에서는, 몸을 뉘이면, 하늘이 보이고 나는 그것밖에 보지 않는다. 모든 날들이 하늘의얼굴 위로 낮에서 밤으로 이끄는 색깔들의 이지러짐을 바라보는 것으로 지나간다. 드러누워, 나는 손을 머리에 두고 기다린다. 나는 그 무자비한 메커니즘에서 벗어나, 경찰의 경계선을 뚫고 집행 전에 사라진 사형수의 예들이 있었는지를 궁금해했던 게 몇 번인지 모른다. 나는 그러고는 사형 집행 이야기에 충분히 주의를 기울이지 않았던 것에 대해 나 자신을나무랐다. 우리는 항상 그런 문제에 관심을 가져야 할 테다.무슨 일이 벌어질지는 누구도 알지 못하는 것이다. 여느 사람들처럼, 나도 신문 속에 묘사된 글들을 읽었다. 하지만 틀림없이 내가 결코 호기심을 갖고 찾아보지 않았던, 특별한 일들이 있었을 것이다. 거기서, 아마, 나는 빠져나갈 구멍에 대한 이야기들을 찾을 수 있었을지도 모른다. 나는 형벌의 수레바퀴가 멈춰 선, 단지 한 번의, 우연과 행운이, 무언가를 바꿔 놓았다는, 이 불가항력적인 사전 모의에 대해, 적어도 하나의 사례를 배울 수도 있었을 것이다. 단 한 번! 어떤 면에서 보면, 그것으로 충분했을 것으로 생각한다. 내 마음이 그 나머지는 알아서 했을 테니 말이다. 신문들은 흔히 사회에 대해 진 부채에 관해 말했다. 그것들에 따르면, 그것은 갚아야만 하는 것이었다. 하지만 그것은 상상에 대해서는 이야기하지 않았다. 염두에 두어야 할 것은, 그것은 빠져나갈 구멍에 관한 하나의 가능성으로, 무자비한 관습 밖으로의 희망에 대한 모든 가능성을 제공해 줄 미친 듯한 하나의 질주였다. 당연히, 희망, 그것은 어느 거리 모퉁이에서, 전력 질주 중에, 날아오는 어떤 총알에 쓰러지는 것이었다. 하지만 모든 것을 고려해 봐도, 그러한 호사가, 모든 것이 금해진 내게 허락되지 않을 테고, 역학은 나를 다시 붙잡았다.

이해하려는 내 의지에도 불구하고, 나는 이런 무례한 확신을 받아들일 수 없었다. 왜냐하면 결국, 그것의 근거가 된 판단과 판단이 행해진 때로부터 출발한 냉정한 진행 사이에는 어떤 터무니없는 불균형이 있었기 때문이다. 판결문이 17시가 아니라 오히려 20시에 읽혀졌다는 사실, 모든 게 달라질 수도 있었다는 사실, 속옷을 갈아입는 인간들에 의해 행해졌다는 사실, 또한 프랑스 국민(혹은 독일인이나 중국인) 같은 어떤 모호한 관념의 신뢰 수준이었다는 사실, 이 모든 것이 내게는 그 판결의 진지함을 훼손하는 것 같아 보였다. 그럼에도 불구하고, 나는 그것이 선고된 순간부터 내내 내 몸뚱이를 짓누르고 있던 이 벽의 존재만큼이나, 그 효과가 또한 확실하고, 또한 심각해졌다는 것을 인정해야만 했다.

나는 그 순간 엄마가 내게 들려주었던 아버지에 관한 어떤 이야기를 떠올렸다. 나는 그분을 알지 못한다. 내가 그 사람에 대해 명확히 알고 있는 것은 그것이 전부로, 그것은 아마 엄마가 그때 내게 말해 주었던 것일 테다. 그분은 한 살인범의 사형 집행을 보러 갔었다. 그분은 정말로 그것을 보러 간다는 것만으로 아팠다. 그는 그럼에도 갔고 돌아와서는 아침 한동안 토했다. 내 아버지는 그때 좀 혐오스러웠다. 이제 나는 이해하는데, 그것은 너무나 자연스러운 것이었다. 어떻게 나는 사형 집행보다 더 중요한 게 아무것도 없다는 걸, 요컨대 그것만이 한 인간이 정말로 관심을 가져야 할 유일한 것이었다는 걸 깨닫지 못했던 걸까! 만약 내가 이 감옥에서 나가게 된다면, 나는 모든 사형 집행을 보러 갈 것이다. 그런 가능성을 생각해 본 것조차 내가 잘못한 것이라고, 나는 믿는다. 어느 이른 아침 경찰의 경계선 뒤에 자유롭게 있는 나를 보고 있다는 생각에, 달리 말하자면, 사형 집행을 보고 난 후에 토할 수도 있는 그 구경꾼의 존재에 대한 생각에, 독이 든 쾌감의 물결이 가슴까지 치밀어 올랐기 때문이다. 하지만 그것은 합리적이지 못했다. 나는 그러한 가정들로 나아가는 잘못을 저질렀기 때문에, 다음 순간, 너무도 끔찍한 추위로 나는 담요 속에서 몸을 웅크려야만 했다. 나는 주체하지 못하고 이빨을 딱딱 부딪쳤다.

하지만, 당연히, 사람이 언제나 이성적인 것은 아니다. 예를 들어, 또 다른 때에 나는 법안을 만들어 보곤 했다. 나는 형벌을 개선했다. 나는 중요한 건 사형수에게 한 번의 기회를 주는 것임을 깨달았다. 천 번에 단지 한 번만으로, 많은 것들이 개선되기에 충분한 것이다. 그리하여, 그것은 내게 섭취하는 것으로 환자(나는 환자라고 생각했다)를 열 번에 아홉 번만 죽이는 어떤 화학적 결합을 찾을 수 있을 것으로 여겼던 것이다. 그가 알고 있는 것, 그것이 조건이었다. 아주 심사숙고하고, 침착하게 그것들을 검토하면서, 나는 확인했었다. 단두대의 날에는 결함이 없다는 것을, 그것에는 절대적으로 누구에게도 기회가 없다는 것을. 한 번으로 모든 게, 요컨대, 환자의 죽음이 결정돼 버렸던 것이다. 그것은 하나의 정리된 경우, 확고한 잘된 조합, 인정된 합의로 재론의 여지가 없었다. 만에 하나, 만약 그 칼날이 빗나간다면, 그 후에, 누군가가 다시 시작했을 것이다. 그것은 성가셔지고, 그 사형수는 그 기계장치가 완벽히 작동하길 소원하게 되는 것이다. 나는 그것이 결함이 있는 쪽이라고 말하는 것이다. 어떤 의미에서 그건 진실이다. 하지만, 또 다른 의미에서, 나는 하나의 좋은 조직이 갖추고 있는 모든 비밀이 거기 있다는 점을 인정해야만 했다. 요컨대, 사형수는 정신적으로 협력할 수밖에 없었다. 모든 일이 흠결 없이 진행되는 것이 그에게도 이득인 것이기에.

나는 또한 지금까지 이런 문제들에 관해 정확하지 않은 생각을 가지고 있었다는 걸 인정해야만 했다. 나는 오랫동안—내가 왜 그랬는지는 모르겠다—단두대로 가기 위해서는 처형대 위로 올라야 한다고, 계단을 밟고 오른다고 믿고 있었다. 나는 그것이 1789년 혁명 때문이라고 믿는데, 사람들이 그 문제에 대해 내게 가르쳐 주거나 이해시켜 준 게 그게 전부였기 때문이라고 말하고 싶은 것이다. 하지만 어느 날 아침, 나는 어느 사형 집행 상황을 다룬 신문에 실렸던 사진 한 장이 기억났다. 실제로, 그 기계장치는 땅 위에 바로 놓여 있었고, 세상에서 가장 단순한 것이었다. 그것은 내가 생각했던 것보다 훨씬 좁았다. 내가 그걸 좀더 일찍 생각하지 못했다는 게 좀 이상했다. 사진 속의 그 기계는 정교하고, 완벽하고 빛이 나서 내게 강한 인상을 남겼었다. 우리는 항상 모르는 것에 대해서는 과장된 생각을 품게 된다. 나는 반대로 모든 것이 단순하다는 것을 인정해야만 했다. 기계장치는 그것을 향해 걸어가는 사람과 같은 높이에 있다. 우리가 어떤 사람을 만나러 걸어가는 것처럼 조우하게 되는 것이다. 그것은 또한 성가신 일이었다. 처형대를 향해 오르는 것은, 바로 하늘로 오르는 것으로, 상상력은 거기에 결부시킬 수도 있었다. 한편으로, 여전히, 그 역학은 모든 것을 짓눌러 버렸다. 우리는 약간의 수치심과 철저한 정확함으로 소박하게 죽임을 당했다.

　그 밖에도 내가 줄곧 숙고했던 두 가지 문제가 더 있었다. 새벽과 나 자신의 항소였다. 나는 하지만 따져 보았고 더 이상 생각하지 않으려고 애썼다. 나는 누워서, 하늘을 바라보았고, 거기에 관심을 불러일으키려고 노력했다. 하늘은 초록으로 물들어 갔을 테고 저녁이 되었을 테다. 나는 여전히 내 생각의 방향을 돌리려고 애썼다. 나는 심장 소리를 들었다. 나는 이 소리가 그렇게 긴 시간 나와 함께 동행했음에도 불구하고 멈출 수 있을 거라고 상상할 수 없었다. 나는 실제로 결코 상상해 본 적이 없었다. 나는 그럼에도 이 심장박동이 더 이상 계속되지 않을 어떤 순간을 머릿속에 그려 보려 했다. 하지만 무의미한 일이었다. 새벽 또는 내 항소는 거기 있었다. 나는 마침내 가장 이성적인 것은 나를 강제하지 않는 것이라고 내게 말했다.

　새벽에 그들이 온다는 걸, 나는 알고 있었다. 어쨌든, 나는 그 새벽을 기다리며 나의 밤을 보냈다. 나는 놀라게 되는 것을 전혀 좋아하지 않는다. 무슨 일이 내게 벌어졌을 때, 그 자리에 있는 걸 나는 선호한다. 그것이 내가 결국엔 낮 시간에 잠깐 눈을 붙인 뒤, 긴 밤 내내 하늘의 유리창 위로 먼동이 터오는 걸 끈기 있게 기다리게 된 이유였다. 가장 힘든 건, 내가 알고 있는 그들이 보통 움직이는 의심스러운 시간이었다. 자정 후, 나는 기다리며 동정을 살폈다. 결코 내 청각이 그토록 많은 소음을 감지하거나, 그처럼 미세한 소리를 분간해 낸 적은 없었다. 더군다나, 말하자면, 이 모든 기간 동안 결코 발소리를 듣지 못했으니 나는 운이 좋았다고 말할 수 있겠다. 엄마는 종종 말하곤 했었다. 누구나 완전히 불행한 건 결코 아니라고. 나는 감옥 안에서, 하늘이 물들고 새로운 날이 내 감방 안으로 미끄러져 들어오면, 그 말에 동의하곤 했다. 왜냐하면 실제로 내가 발걸음 소리를 들을 수도 있었을 테고, 그러면 내 가슴이 터져 버렸을 수도 있었을 테니. 비록 아주 희미하게 발을 끄는 소리에도 나는 문으로 달려갔고, 나무판자에 귀를 대고 미친 듯이 기다리다가 개의 헐떡거림같이 거친 나 자신의 숨소리를 느끼고 오싹해지곤 했지만, 결국 내 가슴은 터지지 않았고 나는 다시 스물네 시간을 얻게 되었던 것이다.

낮에는 줄곧, 항소 생각이었다. 나는 그 생각으로부터 최

상의 결론을 얻었다고 믿는다. 나는 효과를 계산해 보고 심사숙고해서 더 나은 효율을 얻었다. 나는 언제나 가장 안 좋은 경우를 가정하곤 했다. 내 항소가 기각되는 것이었다. "그래, 난 그러면 죽는 거지." 다른 사람보다 더 일찍, 그것은 명백하다. 하지만 모든 사람이 삶을 괴로워하며 살아갈 가치가 있는 건 아니라는 것을 알고 있다. 본질적으로, 서른 살이나 예순 살이나 죽는다는 것에는 별 차이가 없었으므로, 어떤 경우에도, 자연스레, 다른 남자와 다른 여자는 삶을 영위할 테고, 수천 년간 그럴 거라는 걸, 나는 모르지 않았다. 요컨대, 그보다 명백한 것은 없었다. 지금이든 혹은 20년 후든, 죽을 것은 언제나 나였다. 그 당시, 내 이성적 사유에서 얼마간 내게 고통을 가한 것은, 앞으로 20년의 삶을 생각할 때 내가 느끼게 되는 끔찍한 비약이었다. 그러나 나는 그것을 단지 내가 여전히 거기에 이르렀을 때 20년 후 갖게 될 내 생각을 상상하는 것으로 억누를 수밖에 없었다. 우리가 죽는 이상, 어떻게건 언제이건, 그건 중요한 게 아니다. 그건 명백한 것이다. 그러므로(그리고 난점은 이 '그러므로'가 추론에서 상징하는 모든 관점을 놓치지 않는 것이다), 그러므로, 나는 내 항소의 기각을 받아들여야만 하는 것이다.

그때, 단지 그때라야만, 나는 권리를 그렇게 말할 수 있을 테고, 얼마간 허가된 종류인 두 번째 가설에 이르기 위해 전

념할 수 있을 테다. 내가 감형을 받는 것이다. 그것이 곤란한 건, 어떤 비상식적인 기쁨으로 내 눈을 찌르는 얼마간 격렬한 이 피와 살의 격정을 돌려주는 게 필요했기 때문이다. 그런 이유로. 나는 이 외침을 줄이는 데 전념해야만 했다. 나는 마찬가지로 좀더 그럴듯한 내 체념을 우선 돌려주기 위해, 이 가설에서도 자연스러워야만 했던 것이다. 내가 성공했을 때, 나는 평온의 시간을 얻었다. 그건, 그래도, 고려되어야 했던 것이다.

내가 부속 사제의 접견을 한 번 더 거절한 것은 그러한 때였다. 나는 몸을 뉘고 하늘이 어느 만큼 금빛인 여름 저녁이 다가오는 것을 짐작했다. 나는 내 항th를 내던지기에 이르렀고 내 피가 내 안에서 규칙적으로 순환하는 것을 느낄 수 있었다. 나는 사제의 의무가 필요치 않았다. 아주 오랜만에 다시, 나는 마리를 생각했다. 그녀가 내게 더 이상 편지를 보내오지 않은 것은 오래전이었다. 그날 저녁, 나는 깊이 생각해보았고 아마 그녀는 사형수의 정부로 지내는 데 지쳤을 거라고 생각했다. 그녀가 아마 병이 났거나 죽었을 거라는 데 또한 생각이 미쳤다. 이건 흔히 있는 일이다. 어떻게 내가 더 이상, 밖에 우리 두 몸을 분리시켜 놓는 무엇이 있는지 알 수 있을 텐가, 우리를 연결시키는 것은 아무것도 없었고 서로를 떠올리게 하는 것도 없는데. 더구나 그때부터, 내게 마리에 대한 기억은 달라졌을 테다. 죽음으로서, 그녀는 내게 더 이상 관심거리가 아니었다. 나는 사람들이 내 죽음 후 나를 잊을 거라는 걸 매우 잘 이해하고 있는 것처럼 그것이 당연하다는 것을 알았다. 그들은 더 이상 나와 아무 관계가 없었다. 나는 그에 관해 생각하는 것조차 힘들었다고 말할 수도 없었다.

부속 사제가 들어온 것은 정확히 그때였다. 그를 보았을 때, 나는 약간 몸서리쳤다. 그는 그것을 알아차리고 두려워하지 말라고 내게 말했다. 나는 그에게 보통 다른 시간에 오지 않았느냐고 말했다. 그는 내게 이건 내 항소와는 아무 상관 없는 순전히 우정 어린 방문이지 그것에 관해서는 아무것도 모른다고 답했다. 그는 내 침상에 앉더니 나더러 자기 가까이 오기를 청했다. 나는 거절했다. 나는 그래도 그에게 매우 온화한 기운을 느꼈다.

그는 잠시 동안 그대로 있었다. 무릎에 팔꿈치를 괴고, 고개를 떨군 채, 자신의 손을 지켜보면서. 그것들은 세련된 근육질이었다. 내게 그것은 두 마리의 날렵한 동물을 연상시켰다. 그는 천천히 한 손을 다른 한 손에 대고 문질렀다. 그러고 나서 그는 머리를 여전히 떨군 채, 내가 느낄 수 있을 만큼 너무나 오랫동안 그렇게 있었고, 잠깐 동안, 나는 그를 잊었다.

그런데 그가 갑자기 머리를 들어 올리더니 나를 똑바로 쳐다보았다. 그가 내게 말했다. "왜, 당신은 내 방문을 거부하는 거죠?" 나는 하느님을 믿지 않는다고 대답했다. 그는 내가 정말 확신하는지를 알고 싶어 했고, 그건 내게 궁금해할 필요도 없는 거라고 나는 말했다. 그건 내게 중요치 않은 문제로 여겨진다고. 그는 그러자 뒤쪽으로 봄을 세워 벽에 기대고는, 두 손을 넓적다리에 펼쳐 놓았다. 거의 내게 말하는 것 같지도 않은 투로, 그는 때때로, 우리는 믿는다고 확신하지만, 그런데, 실제로는 그렇지 않다는 뜻을 견지했다. 나는 어떤 말도 하지 않았다. 그는 나를 쳐다보면서 물었다. "당신은 어떻게 생각하나요?" 나는 그럴 수 있다고 대답했다. 어쨌든, 나는 어쩌면 실제 내 관심사에 대해서는 확신할 수 없었지만, 내 관심사가 아닌 것에 대해서는 완전히 확신할 수 있었다. 그리고 당연히, 그가 내게 말하는 것은 내 관심사가 아니었다.

그는 눈을 돌리고는, 여전히 자세를 바꾸지 않은 채, 내게 물었다. 너무 극단적인 절망으로 생각조차 하고 싶지 않아서 그러는 건 아니냐고. 나는 그에게 내가 절망해서 그러는 게 아니라고 설명했다. 나는 단지 두려웠고, 그것은 당연한 것이었다. "그래서 하느님이 당신을 도우실 겁니다." 그가 말했다. "당신 같은 처지에 있던 내가 아는 모든 사람이 그분께로 돌아갔습니다." 그것은 그들의 권리라는 것을 나는 인정했다. 그것은 또한 그들에게는 그럴 시간이 있었다는 것을 드러내는 것이라는 점도. 나로서는, 누군가 내게 주는 도움을 받고 싶지 않았고 당연히 내게는 내 관심사가 아닌 것에 관심을 가질 그 시간이 부족했던 것이다.

그때, 그의 손이 귀찮다는 제스처를 취했지만, 그는 몸을 바로하고, 사제복의 주름을 정돈했다. 그걸 마치고는 나를 "친구"라고 부르며 말을 시작했다. 그는 내게 그렇게 부르는 것은 내가 죽음을 선고받은 죄인이기 때문은 아니라고 말했다. 그의 견해로 우리 모두는 죽음을 선고받은 죄인이었다. 하지만 나는 그의 말을 가로막고는 그건 같은 게 아니라고, 게다가, 그건 어떤 경우라도, 어떤 위로도 될 수 없다고 말했다. "물론입니다." 그가 인정했다. "하지만 당신이 만약 오늘 죽지 않는다 해도 후에는 죽을 것입니다. 그때도 같은 문제가 제기될 것입니다. 그 끔찍한 시련을 어떻게 맞을 것입니까?" 나는 내가 지금 맞이하고 있는 것처럼 똑같이 맞이할 거라고 대답했다.

그는 이 말에 일어나서 눈을 똑바로 뜨고 나를 쳐다보았다. 내가 잘 아는 어떤 게임이었다. 나는 에마뉘엘이나 셀레스트와 자주 그것을 즐겼고, 대개는, 그들이 눈을 돌렸다. 부속 사제 또한 그 게임을 잘 알고 있음을, 나는 즉시 이해했다. 그의 눈빛은 흔들리지 않았다. 그리고 역시 흔들림 없는 목소리로 내게 말했다. "그러니까 전혀 당신은 희망이 없는 것이고 온통 죽는다는 생각만으로 살아가고 있다는 건가요?" "그렇습니다." 나는 대답했다.

그래서, 그는 머리를 떨구고는 다시 앉았다. 그는 나를 불쌍히 여긴다고 말했다. 그는 그것은 인간이 참아 내기 불가능한 것이라고 평했다. 나는, 단지 그가 성가셔지기 시작했다는 것을 느꼈다. 나는 내 침상을 돌아 하늘로 난 창 아래로 갔다. 나는 벽에다 어깨를 기댔다. 귀를 기울인 것은 아니었지만, 나는 그가 내게 다시 묻기 시작한 걸 들었다. 그는 불안하고 간절한 목소리로 이야기했다. 나는 그가 동요하고 있다는 것을 깨달았고, 그래서 좀더 귀를 기울였다.

그는 내 항소가 받아들여질 거라고 확신했지만, 나는 제거해야만 할 죄의 무게를 짊어지고 있었다. 그에 따르면, 인간적 정의는 아무것도 아니며 하느님의 정의가 전부라는 것이었다. 나는 내게 유죄를 선고한 것은 전자였다고 지적했다. 그는 내게, 그렇다고 해서, 내 죄가 씻긴 것은 아니라고 대답했다. 나는 그에게 죄가 무엇인지 모르겠다고 말했다. 사람들은 내게 단지 내가 죄인이라는 것만 알려 주었다. 나는 죄를 지었고, 그 값을 치르고 있으니, 더 이상 내게 요구할 수 있는 것은 없었다. 그때, 그가 다시 일어섰고 나는 생각했다. 이토록 좁은 이 감옥에서, 만약 그가 움직이고 싶어 한다면, 선택의 여지가 없을 거라고. 앉거나 일어서야만 했던 것이다.

나는 눈을 바닥에 고정시켰다. 그는 내게로 한 걸음 내딛고는 더 나아갈 엄두가 안 나는 것처럼 멈추었다. 그는 창살 틈으로 하늘을 바라보았다. "당신은 잘못 생각하는 것입니다, 형제님." 그가 말했다. "더 요구할 수도 있습니다. 사람들은 당신에게 아마 더 요구할 겁니다." "또 무엇을 말인가요?" "당신이 보기를 요구할 수도 있습니다." "무엇을 보죠?"

그 신부는 내 감방을 두리번거리더니 갑자기 몹시 지친 듯한 목소리로 대답했다. "이 모든 돌들이 고통스러운 땀을 흘리고 있다는 걸, 나는 압니다. 나는 괴로움 없이 지켜본 적이 결코 없습니다. 그렇지만, 가슴 밑바닥으로부터, 나는 당신들 사이에서 가장 불쌍한 이들이 저것들의 어둠 밖으로 나오는 신성한 얼굴을, 보았었다는 것을 알고 있습니다. 그것이 당신이 보기를 요구받게 될 얼굴입니다."

나는 조금 흥분했다. 내가 이 벽들을 보아 온 게 수개월째라고 나는 말했다. 거기 아무것도 없다는 것을 나보다 더 잘 아는 사람은 세상에 없었다. 아마, 오래전에, 나는 거기서 어떤 얼굴을 찾아보려 했을 것이다. 하지만 그 얼굴은 태양의 빛깔과 욕망의 불꽃을 띠고 있었다. 그건 마리의 것이었다. 나는 그것을 헛되이 찾았었다. 이제, 그것은 끝났다. 그리고 어쨌든, 나는 이 돌 땀에서 나타나는 어떤 것도 본 적이 없었다.

부속 사제는 일종의 슬픔으로 나를 바라보았다. 이제 나는 완전히 벽에 등을 기대고 있었고, 빛이 이마로 스며들었다.

그는 내가 듣지 못한 몇 마디를 하고는 매우 빠르게 나를 안아 봐도 되겠느냐고 물었다. "아니요." 나는 대답했다. 그는 돌아서 벽을 향해 걷더니 손으로 그것을 천천히 쓸었다. "그러니까 당신은 이 땅을 그렇게나 사랑한다는 거군요?" 그는 중얼거렸다. 나는 어떤 대답도 하지 않았다.

그는 다른 곳을 보며 꽤 오랫동안 머물렀다. 그의 존재가 나를 압박했고 성가시게 했다. 나는 그에게 나가 달라고, 나를 내버려 두라고 막 말할 참이었는데, 그가 갑자기 나를 향해 돌아서더니 소리를 질렀다. "아니야. 나는 당신을 믿을 수 없소. 나는 당신이 또 다른 삶을 바라게 될 것이라고 확신해요." 나는 그에게 당연하다고, 하지만 그것은 부자가 되길 원하거나 헤엄을 매우 빨리 칠 수 있다든가 아니면 좀더 잘생긴 입을 가지게 되는 것보다 더 중요한 게 아니라고 답했다. 아무래도 좋은 것이라고. 그러나 그는 내 말을 저지하고는 내가 보는 그 다른 삶은 어떤 것인지를 알고 싶어 했다. 그래서 나는 그에게 소리쳤다. "내가 이것을 회상할 수 있는 어떤 삶이오!" 그리고 곧바로 나는 그에게 나는 충분하다고 말했다. 그는 다시 하느님에 대해 이야기하고 싶어 했지만, 나는 그에게 다가가서는 내게 남은 시간이 별로 없다는 걸 마지막으로 설명하려 시도했다. 나는 하느님 이야기로 그것을 잃고 싶지 않다고. 그는 왜 자기를 "신부"라고 부르지 않고 "선생"이라고 부르는지에 대한 이유로 화제를 돌리려고 애썼다. 그것이 나를 흥분시켰고, 나는 그에게 그는 내 아버지가 아니라고 말했다. 그는 다른 사람들과 함께 있었다고.(신부와 아버지의 철자가 'mon père'로 같기에 할 수 있는 말이다:역자)

"아니요, 형제님." 그는 내 어깨에 손을 얹고는 말했다. "나는 당신과 함께 있었소. 하지만 당신은 마음의 눈이 멀어 보려 하지 않기 때문이오. 나는 당신을 위해 기도할 겁니다."

그때, 왜인지는 모르겠지만, 내 안에서 뭔가가 폭발했다. 나는 목구멍 가득히 소리치기 시작했다. 나는 그에게 욕을 해댔고 기도하지 말라고 말했다. 나는 그의 사제복 칼라를 움켜쥐었다. 나는 내 가슴속에 있는 모든 것을, 환희와 분노의 울부짖음으로 그에게 쏟아부었다. 그는 너무나 확신하고 있는 것 같았다, 그렇지 않은가? 그럼에도 불구하고 그의 확실성은 여자 머리카락 한 올의 가치도 없는 것이었다. 그는 죽은 사람처럼 살고 있기 때문에 살아 있다고조차 확신할 수 없는 것이었다. 나는, 빈손에 공기를 쥐고 있는 듯 여겨진다. 그러나 나는 나 자신에 대해, 모든 것에 대해, 그가 확신하는 것 이상으로, 나의 삶과 다가올 죽음을 확신하고 있었다. 그렇다. 나는 단지 그것밖에 없었다. 그러나 적어도, 나는 그것이 나를 움켜쥐고 있는 것만큼 그 진실을 단단히 움켜쥐고 있었다. 나는 옳았고, 여전히 옳았으며, 항상 옳았다. 나는 이런 식으로 살아왔지만 다른 식으로 살 수도 있었다. 나는 이 것을 했고 저것은 하지 않았다. 내가 저 다른 것을 할 때 어떤 것은 하지 않았다. 그래서? 이것은 마치 내가 이 순간과 이 작은 시작을 위해 이 모든 시간을 기다려 왔던 것처럼 나를 정당화시킬 것이다. 아무것도, 문제될 건 아무것도 없으며 나는 이유를 알고 있다. 그 역시 이유를 알고 있다. 내 미래의 깊은 곳으로부터, 내가 이끌어 온 이 부조리한 삶 내내, 모호한 바람이 아직 오지 않은 수년의 시간을 건너 내게 불어왔고, 그 바람은 자신의 행로 위에서, 내가 살아 있을 때보다 현실적이랄 게 없는 그 시간 동안 사람들이 내게 강요한 모든 것들을 평탄하게 만들었다. 그것이 내게 뭐가 문제인가? 다른 이의 죽음, 어머니의 사랑, 그의 하느님이 내게 문제라고 여긴 것, 우리가 선택한 삶, 우리가 고른 운명, 단지 하나의 운명은 내 스스로 고르는 것이기에, 나와 함께했던 무수한 특권적 사람들이, 그와 같이, 내게 형제라고 말하는 것이. 그러므로 그는 이해했을까? 모든 사람이 특권을 누리고 있다는 것을. 특권을 누리는 사람밖에 없다는 것을. 다른 사람들 역시, 어느 날 사형선고를 받을 것이다. 그 역시, 사형선고를 받을 것이다. 만약, 그가 살인범으로 고발되고 그의 어머니 장례식에서 울지 않았다는 이유로 처형을 당한다 한들 뭐가 문제란 말일까? 살라마노의 개는 그의 아내만큼이나 가치가 있었다. 그 작은 로봇 여자는 마송과 결혼한 파리 여자처럼 또는 내가 결혼해 주기를 원했던 마리처럼 죄인인 것이다. 레몽이 그보다 여러 면에서 훨씬 나은 셀레스트와 똑같이 나의 친구라는 게 뭐가 문제라는 것인가? 이제 마리가 그녀의 입술을 오늘 새로운 뫼르소에게 허락한다 한들 뭐가 문제라는 말인가? 그는 그러므로 이해할까? 이 사형수를, 그리고 내 운명의 밑바닥을…… 나는 이 모든 것들을 토해 내느라 숨이 막혔다. 하지만, 이미, 부속 사제는 내 손아귀에서 벗어났고 간수들이 나를 위협했다. 그는, 그렇지만, 그들을 진정시키고는 침묵 속에서 잠깐 동안 나를 바라봤다. 그의 눈에 눈물이 가득 고였다. 그는 돌아섰고 사라져 갔다.

그가 떠나고, 나는 냉정을 되찾았다. 나는 기진맥진해서 내 침상에 몸을 던졌다. 나는 잠들었던 것 같다. 얼굴 위의 별과 함께 눈이 떠졌기 때문이다. 전원의 소리가 내게까지 올라왔다. 밤의 냄새, 땀과 소금의 냄새가 내 관자놀이를 식혀 주었다. 잠든 이 여름의 굉장한 평화가 밀물처럼 내게로 밀려왔다. 그때, 그 밤의 경계에서 뱃고동이 울부짖었다. 그것들은 이제 나와는 결코 상관없는 세계로의 출발을 알리고 있었다. 아주 오랜만에 다시, 나는 엄마를 생각했다. 그녀가 왜 삶의 끝에서 "약혼자"를 갖게 되었는지, 왜 그녀가 다시 시작하는 게임을 펼쳤었는지 이해할 수 있을 것 같았다. 거기, 그곳에서도, 삶이 꺼져 가는 그 양로원 주변에서도, 저녁은 우울한 중단 같은 것이었다. 그렇게 죽음에 인접해서야, 엄마는 자유를 느꼈을 테고 모든 것을 다시 살아 볼 준비를 했음이 틀림없었다. 누구도, 어느 누구도 그녀의 죽음에 울 권리를 가지고 있지 못했다. 그리고 나 역시, 모든 것을 다시 살아 볼 준비가 되었음을 느꼈다. 마치 이 거대한 분노가 내게서 악을 씻어 낸 것처럼, 희망을 비워 내고, 이 밤이 기호와 별들로 채워지기 전에, 나는 처음으로 세상의 부드러운 무관심에 나를 열었다. 그가 나와 너무도 닮았다는 것을, 그리하여 마침내 형제처럼 느껴졌기에, 나는 행복했었고, 여전히 그렇다는 것을 느꼈다. 모든 게 이루어질 수 있도록, 내가 덜 외로움을 느낄 수 있도록, 내게 남겨진 소망은, 내 사형 집행이 있는 그날 거기에 많은 구경꾼들이 있고 그들이 증오의 함성으로 나를 맞아 주었으면 하는 것이다.

Ü

역자 해설

『이방인』에 대한
여전한 오해

1

뫼르소의 총에 맞아 죽은 아랍인 사내는 정말 레몽에게 맞
고 쫓겨난 여자의 오빠였을까?

그렇지 않다. 두 사람이 친남매가 아니라는 것을 카뮈는 단
한 단어로 알아볼 수 있게 설명해 두고 있는데, 그게 곧 무어인
Mauresque과 아랍인Arabe의 차이이다.

나는 그 여자가 무어인임을 알았다.
j'ai vu que c'était une Mauresque.

편지를 부탁하는 레몽으로부터 그 여자의 이름을 듣고 뫼르
소가 하는 말이다. 당시는 알제에서 무어인과 아랍인의 피가 섞
이는 과도기였기에 지식인이었던 뫼르소는 레몽이 알려 주는

그 이름을 듣고 여자가 '무어인'임을 알았던 것에 반해, 글을 몰랐던 레몽은 (여자의 말만 듣고) 두 사람이 진짜 친남매인 줄 알았던 것이다(이 사실은 이 소설이 끝날 때까지도 뫼르소만 알고 있는 것으로 설정되어 있다).

『이방인』의 모든 사태는 사실 여기서 야기되는 것이니, 이 지점을 오해하면 작품 전체를 오해하게 된다.

한마디로 피가 다른 무어인과 아랍인이 부부는 될 수 있을지언정, 남매가 될 수는 없으니 여자가 거짓말을 하고 있다는 걸 카뮈는 이렇게 간단히 알려주고 있는 것인데, 정작 우리 학자들, 번역가들은 7년 전 이런 지적에 대해, '무어인과 아랍인은 같은 민족인데 카뮈가 반복어를 쓰기 싫어 그렇게 쓰고 있는 것일 뿐'이라는 터무니없는 해명을 내놓았던 것이다.

그렇다면 그때는 그랬다 하더라도, 이 단순한 것이 왜 지금까지도 바로잡히지 못하고 있는 것일까?

내가 보기에 이제 그들도 알았겠지만, 바로잡기엔 너무 늦어버린 측면이 있기 때문이다. 처음 지적이 나왔을 때 그 반발은 상상을 초월하는 것이었고, 그 기록들이 인터넷 구석구석에 남아 있기 때문이다. 그런 만큼 저 잘못을 인정하고 바로잡기보다는 침묵을 택할 수밖에 없게 되어 버린 것이다.

2

다음은 이 작품에서 뫼르소 다음으로 중요한 인물인 생테스 레몽Raymond에 대해서다.

그는 정말 여자의 말대로 '포주'였을까?

내용 중에 이런 대목이 나온다. 번역은 졸저의 것으로 한다.

동네에서, 사람들은 그가 여자들로 먹고산다고 했다. 하지만, 그에게 직업을 물으면, "창고지기"라고 했다. 대체로 그를 좋아하는 사람은 거의 없었다.

Dans le quartier, on dit qu'il vit des femmes. Quand on lui demande son métier, pourtant, il est « magasinier ». En général, il n'est guère aimé.

서술자가 레몽에 대해 쓴 내용이다. 이 복잡한 사내가 어떤 사람인지는 서술자도 잘 모른다는 뉘앙스로 쓰고 있는 것이다. 내용상 보면 그는 항상 '사내다움'을 입에 달고 사는 '주먹'처럼 보인다는 것이고, 이웃은 그런 그를 두고 '포주maquereau'라고 짐작하고 있다는 사실이다.

실상 그는 작품이 전개되는 동안만큼은 오히려 여자에게 속은 피해자이지 이유 없이 누구를 해코지하는 악한은 아닌 것이다(그걸 알기에 뫼르소는 그와 친구가 되는 것이고).

우선, 독자들이 오해하는 것은 바로, 레몽이 자신의 여자를 폭행하고, 뫼르소를 이용해 다시 자기 방으로 끌어들여 섹스를 하고 폭행하는 파렴치범으로 알고 있다는 사실이다.

실제, 레몽의 방에서 요란한 소리가 흘러나왔던 그날, 달려온 경찰에게 여자는 레몽을 가리키며, 이렇게 말한다.

"저 사람이 나를 때렸어요. 저 사람은 고등어maquereau예요."

« Il m'a tapée. C'est un maquereau. »

바로 메쿠호라는 저 말은, 원래 '고등어'를 가리키지만, 프랑스 사회에선 '포주'나 '기둥서방'을 가리키는 속어인 것이다. 따라서 우리 번역서는 모두 저것을 ' 저 사람은 포주예요"라고 번역했던 것이다.

한번 냉정히 생각해 보자, 여자가 섹스를 하고 나와서 경찰에게 "저 사람은 '포주'예요."라고 했다면 그건 자신이 '창녀'라는 걸 인정하는 셈인데, 과연 여자가 자기 입으로 그런 말을 했을까?

그게 아닌 것이다. 그게 아니라는 것은 바로 이어지는 레몽의 다음 말로도 확인되는 것이다.

그때 레몽이 물었다. "경찰 나리," 세상에 이런 법이 어디 있습니까, 거참, 사람에게 고등어라니?"

« Monsieur l'agent, a demandé alors Raymond, c'est dans la loi, ça, de dire maquereau à un homme ? »

따라서 전체적 정황을 볼 때, 사실 'maquereau', 즉 '고등어'는 바로 저 여자의 오빠로 알려진(뫼르소의 총에 죽은) '아랍인 사내'였던 것이다. 여자를 이용해 레몽의 돈을 갈취하는 기둥서 방의 의미로서.

이 역시 이 소설을 구성하는 데 빼놓을 수 없는 소설적 장치 인데 우리 번역은 이마저도 잘못 번역하고 있는 것이다.

3

그렇다면 레몽 방에서 들려온 그 소음은 무엇이었을까? 다 만 레몽이 여자를 때리기만 하는 소리였을까?

우선 저 여자가 다시 레몽을 찾아온 이유는 바로 뫼르소가 대신 써준 편지 때문이다.

앞서 레몽은 뫼르소에게 자신의 사정을 털어놓는다. 자신이 한 여자에게 생활비를 대주고 있었는데 나중에 알고 보니 자신 이 속았다는 것이고, 그래서 여자를 때려서 내쫓았는데, 여전히 그 여자와 섹스를 하고 싶은 마음에 괴롭다고. 그럼에도 복수를 해야겠는데, 그 방법으로 여자를 오게 해서 섹스를 하고 '마지막 순간' 여자의 얼굴에 침을 뱉고 쫓아 버리겠다는 것이었다. 그리하여 뫼르소에게 여자를 오게 할 편지를 써달라고 부탁했던 것이다.

여자가 그를 찾아왔다는 것은 계획대로 됐다는 것을 의미하고, 따라서 일단 그날 그 방에서는 섹스가 이루어졌다는 뜻이 된다(실제 그랬다는 게 다음 페이지에서 레몽의 설명으로 밝혀진다).

그런데 그때 그 방으로부터 요란한 소리가 들려온다. 뫼르소와 마리가 우연히 듣게 되는 소리가, 여자를 때리는 것 같은 소리와 함께 레몽의 이 목소리였다.

« *Tu m'as manqué, tu m'as manqué. Je vais t'apprendre à me manquer.* »

무슨 뜻일까? 사실은 이것만 떼어 놓고 보면 전혀 어려울 게 없는 말이다. 그런데 앞뒤 맥락을 볼 때 저 말을 보편적인 단어의 의미로 있는 그대로 옮기기엔 아주 부적절해 보인다.

다시 말해, Tu m'as manqué는 곧 영어의 I missed you와 같은 의미다. 즉, '나는 당신이 그리웠다'는 뜻이다. 여자를 때리면서 당신이 그리웠다니? 이게 전혀 앞뒤가 맞지 않았던 것이다(카뮈 『이방인』 문장의 특징이 바로 이런 것이다. 절묘하게 상황 상황을 장면으로 형상화해 보여 줄 뿐, 어떤 것도 따로 설명하는 법이 없

167

다. 또한 알고 보면 사실은 아주 단순한 것인데 너무 깊게 생각하다 보니, 오히려 지금 같은 오해를 불러일으키고 있는 것이다).

그러다 보니 모든 역자들이 저 말을 전혀 다른 식으로 해석했던 것이다(한때의 나 역시 그랬다). 그러나 저것은 실상 사디스트적(혹은 마조히스트적) 성행위를 하고 있음을 의미하는 것이다.

둘의 섹스가 원래 그랬다는 것은 앞서 레몽이 뫼르소에게 했던 말에도 드러난다.

> "내가 여자에게 손을 댄 건, 말하자면 다정함의 표현이었소(Je la tapais, mais tendrement pour ainsi dire). 그 여자가 조그맣게 소리를 질러 대고, 덧문을 닫아 버리면 그것으로 항상 끝나는 일이었지. 그러나 이번엔 진짜였소. 그래도 나로서는 그 여자를 충분히 벌주지 못했다고 생각해요."
>
> (이정서 번역)

이 부분을 또 우리 번역은 단순히 레몽이 여자를 때렸다고 이해하고, 오히려 잔인함만 부각해 의역했던 것이다.

4

카뮈『이방인』2부 4장은 이 말로 시작한다. 뫼르소의 독백이다.

내가 결코 말하고 싶지 않았던 일들이 있다.
Il y a des choses dont je n'ai jamais aimé parler.

그렇다면 여기서 뫼르소가 '말하고 싶지 않았던' 것이 도대체 뭘까?

『이방인』을 읽은 독자들 스스로 자문해 보라. 저기서 뫼르소가 '말하고 싶지 않았던 일'이라는 게 무엇이었던가? 아마 이런 말이 있었던가 싶을 정도로 모호할 것이다.

저 말은 바로 감옥에서의 '자위행위'를 가리키는 것이다.

그래서 다음 말이 이어지는 것이다.

내가 결코 말하고 싶지 않았던 일들이 있다. 감옥에 들어왔을 때, 나는 얼마 지나지 않아서 내 생활의 이 부분에 관해서는 말하고 싶지 않게 되리라는 걸 깨달았었다.

후에, 나는 더 이상 그런 혐오스러움이 그닥 중요한 게 아니라는 걸 알았다. 나는 막연하게 얼마간의 새로운 사태를 기다리고 있었던 셈이다. 그것이 온전히 시작된 것은 단지 마리의 처음이자 유일했던 방문 이후였다.

Il y a des choses dont je n'ai jamais aimé parler. Quand je suis entré en prison, j'ai compris au bout de quelques jours que je n'aimerais pas parler de cette partie de ma vie.

Plus tard, je n'ai plus trouvé d'importance à ces répugnances. En réalité, je n'étais pas réellement en prison les premiers jours : j'attendais vaguement quelque événement nouveau. C'est seulement après la première et la seule visite de Marie que tout a commencé.

그리고 나서 그 행위가 다만 자기만 하는 '혐오스러운 짓'이 아니라 남자로서의 자연스러운 행위라는 걸 깨닫고 저처럼 감옥에서의 '자위행위'에 대해 솔직히 털어놓고 있는 것이다.

이 장은 실상 첫 문장부터 이렇게 시작하고 들어가기에 감옥에서의 자위행위에 대해 (시간을 때우는 일 가운데 하나로서) 아주 길게 설명한다.

실상 카뮈 문장은 복선을 깔고 돌려서 이야기하는 측면은 있지만, 이해하고 나면 전혀 그렇지 않다는 것을 알 수 있다. 아마 프랑스인들에게는 어느 작품보다 『이방인』이 쉽게 읽힐는지도 모른다. 사실은 우리에겐 어렵게 보이지만 불어를 모국어로

하는 그들에겐 현실 언어에서 끌어낸 언어이기에 오히려 생래적으로 쉽게 다가가서 그런 것일 테다.

예컨대 이 대목 역시 뫼르소와 간수 사이에 마지막으로 오간 대화를 제대로 번역하면 전혀 어려운 내용이 아니다.

처음에, 여자에 대해 이야기한 건 그였다. 그는 내게 다른 사람들이 가장 불평하는 문제가 바로 그것이라고 말했다. 나는 그에게, 나도 마찬가지라는 것과 나 역시 그 부당한 처치traitement injuste를 찾는다고 말했다. "하지만," 그가 말했다. "그게 당연한 거요. 당신들은 감옥에 있는 거니까." "뭐라구요, 그게 당연하다구요?" "그럼요, 그게 자유인 거요. 우리가 당신들 자유를 빼앗은 거지." 나는 결코 그것에 관해 생각해 보지 못했다. 나는 수긍했다. "그러네요!" 그에게 내가 말했다. "벌을 받는 것이군요?" "맞소, 당신은 그 점을 이해하는군. 다른 사람들은 그렇지 못하지. 하지만 그들은 끝까지 자위를 할 거요." 간수는 그러고는 떠났다. (이정서 번역)

C'est lui qui, d'abord, m'a parlé des femmes. Il m'a dit que c'était la première chose dont se plaignaient les autres. Je lui ai dit que j'étais comme eux et que je trouvais ce traitement injuste. « Mais, a-t-il dit, c'est justement pour ça qu'on vous met en prison. — Comment, pour ça? — Mais

oui, la liberté, c'est ça. On vous prive de la liberté. » Je

n'avais jamais pensé à cela. Je l'ai approuvé : « C'est vrai,

lui ai-je dit, où serait la punition ? — Oui, vous comprenez

les choses, vous. Les autres non. Mais ils finissent par se

soulager eux-mêmes. » Le gardien est parti ensuite.

여기서 뫼르소는 자위행위를 'traitement injuste 부당한 처치'라고 했던 것이고 간수는 'se soulager eux-mêmes 그들 스스로 배설하다, 즉 자위하다' 라고 했던 것이다(soulager가 배설하다의 의미다).

은밀하지만 누구라도 흔히 나누는 대화인 것이다. 지극히 솔직하게.

그런데 저 솔직한 표현을 앞서의 역자들은 오해했거나 의역했던 것이다.

그렇다면 왜 카뮈는 굳이 이런 에피소드를 여기에 첨가했던 것일까? 그것도 아주 길게.

그것은 바로 뫼르소의 평범함을 보여 주기 위한 극적 장치였던 것이다. 그 역시 혼자서 자위행위도 하는 지극히 평범한 인간이라는 것을 부각시키고자.

그런데 아이러니하게도 오히려 우리 번역가들의 오해가, 다만 거짓말을 하기 싫어했던 저 평범한 사람을 작품 속 검사처럼 아주 이상한 '괴물'로 만들어 버린 꼴이 되었던 것이다.

5

우리는 마치 뫼르소가 법정에서 아무런 저항도 없이 시니컬하게 자신의 죄를 인정하고 사형선고를 받아들이는 것처럼 착각하기도 한다. 그러나 절대 그게 아니다.

그는 끊임없이 저항했던 것이지만 현실의 법정이 그럴 기회를 주지 않았던 것이다.

누구도 내게 의견을 구하지 않은 채 내 운명이 정해지고 있었다. 때때로 나는 모두의 말을 중단시키고 말하고 싶었다. "그렇지만, 피고가 누구란 말입니까? 피고의 존재가 중요한 겁니다. 나도 할 말이 있습니다."

또한 그 자신의 입으로 '태양 때문에 사람을 죽였다'고 했다고, 얼마나 나이브 하냐고 말하는 독자도 있었다. 그 대목에 대한 오해도 깊다.

실상은 이 대목이다.

나는 불쑥 말했다. 단어가 조금 엉키고 나도 터무니없다는 것을 깨달았지만, 그것은 태양 때문이었다고. 법정에 웃음이 일었다.

J'ai dit rapidement, en mêlant un peu les mots et en me rendant compte de mon ridicule, que c'était à cause du soleil. Il y a eu des rires dans la salle.

그러나 이 역시 앞뒤 맥락과 뉘앙스를 오해해서 생긴 잘못이다. 이 말의 앞뒤에는 이런 내용이 있기 때문이다.

"저는 여러분께 이 사람의 머리를 요구합니다." 그가 말했다. "가벼운 마음으로 여러분께 요구합니다. 왜냐하면 앞서 제 오랜 경력 동안 사형선고를 요청해야 하는 일이 있었지만, 결코 오늘만큼, 괴물밖에는 읽히지 않는 이 사람의 얼굴 앞에서 느끼는 공포로 인해 절대적이고 성스러운 명령이라는 자각과 함께, 이 고통스러운 의무가 마땅하고, 형평에 맞으며, 명백하다고 느낀 적이 없었기 때문입니다."
검사가 다시 앉았을 때, 제법 긴 침묵이 흘렀다. 나는, 더위와 놀라움으로 몽롱한 상태였다. 재판장이 살짝 헛기침을 하고는 매우 낮은 목소리로, 내게 혹시 덧붙여 할 말이 없느냐고 물었다. 나는 자리에서 일어났고 내가 말을 하고 싶었던 듯이, 더구나 조금 무작정, 그 아랍인을 죽일 의도가 없었다고 말했다. 재판장은 그것도 하나의 주장이라며, 지금까지 그는 내 변론의 방법을 잘 파악하지 못했으므로, 내 변호사의 말을 듣기 전에 내 행동을 일으킨 동기를 내가 분명하게 밝히면 만족스럽겠다고 말했다. 나는 불쑥, 단어가 조금 엉키고 나도 터무니없다는 것을 깨달았지만, 그것은 태양 때문이었다고 말했다. 법정에 웃음이 일었다. 내 변호사가 어깨를 으쓱했고, 잠시 후 곧바로, 그에게 발언권이 주어졌다. 하지만 그는 시간도 늦었으며 또 몇 시간이 걸릴 수 있으니, 공판을 오후까지 연기해 줄 것을 요청한다고 표명했다. 법정은 거기에 동의했다.   (이정서 번역)

맥락을 위해 좀 길게 인용했는데 보다시피 이것은, 검사의 사형 구형 후 당황한 뫼르소가 정신이 없는 가운데 던진 첫마디였던 것이다. 그런데 그로인해 마지막으로 주어졌던 뫼르소의 발언 기회가 누구도 아닌, 자기 변호사에 의해 곧바로 잃게 된 것이고….

그런데 어떻게 저것을 두고 뫼르소가 시니컬하게 태양 때문에 사람을 죽였다는 논리가 성립될 수 있을 텐가?

그건 다만 진실을 모르는 작품 속 검사, 판사, 배심원들이나 할 수 있는 인식인 것이다.

뫼르소의 손에 들어온 총 또한 마찬가지다. 검사는 줄곧 그 총을 뫼르소가 가지고 있었다는 사실을 근거로 계획된 살인으로 뫼르소를 몰아붙이는 것이지만, 그 총이 어떻게 그의 손에 들어가게 되었는지는 독자만이 알고 있는 것이다.

더불어, 한걸음 더 나아가면 그 총이 레몽에게 있을 때조차 그렇다. 정황상 그 총은 레몽이 그 아랍인 사내에게 공격을 당해 칼에 얼굴을 찢길 때부터 이미 소지하고 있었던 것으로 보인다. 사실 레몽은 그 위험한 순간에도 처음에는 총을 뽑지 않았던 것이다(해수욕을 하러 와서는 수영을 하러 가지 않겠다고 한 것은 바로 그런 이유도 숨어 있었을 것으로 보인다).

그런데 정작 중요한 이런 뉘앙스들을 입에 올리는 독자는 한 명도 없었다.

바로 잘못된 번역 때문인 것은 두말할 필요도 없는 것이다.

6

첫 문장 이야기를 이렇듯 마지막에 이야기해야 하는 역설. 그게 번역의 현실일 테다.

이방인의 첫 문장 'Aujourd'hui, maman est morte.'는 그 자체로 너무나 유명한 문장이다. 짧으면서도 강렬한 함축미 때문일 테다. 세계인이 어찌 보듯 우리 번역은 어찌 되어야 할까?

우선 여기서 중요한 것은 '오늘Aujourd'hui', 뒤에 있는 쉼표와 '어머니mère'와 비교되는 '엄마maman'라는 표기이다. maman이라는 뉘앙스는 사실 프랑스인과 우리만 느낄 수 있는 뉘앙스라고도 할 수 있다. 그런데 여기까지는 사실 문제가 안 된다. 우리는 저 'morte'로 인해 아주 잘못된 편견을 갖게 된 것이다. 당연히 '돌아가셨다' 보다는 '죽었다'는 표현의 어감이 훨씬 강렬하고 시니컬하기에 어떤 올바른 설명도 감정적으로 먹히지가 않는 것이다. 여기서 '돌아가셨다'는 결코 존대어로서의 의미가 아니다. 관형어인 것이다.

혹자는 저 말이 시니컬하고 냉혈한 뫼르소의 성격을 잘 드러내고 있으니 잘한 번역이라고 하지만, 사실은 그 때문이라도 저 표현에 대해서는 다시 생각해 볼 필요가 있다.

번역이 잘못되어 우리에게 잘못 알려져서 그렇지 뫼르소는 결코 시니컬한 성격의 소유자도 냉혈한도 아니기 때문이다(이 번역서를 읽고도 그가 시니컬한 냉혈한이라고 느낄 독자는 없을 것이다). 그 표현은 단지 엄마의 장례식에 와서 별로 말도 없고 눈물도 보이지 않는 뫼르소를 두고 양로원 사람들이 지어낸 것이고, 검사가 만들어 낸 이미지인 것이다. 만약 이 작품을 제대로 된 번역을 통해 바로 이해하고 나면 이 점은 따로 설명할 필요도 없는 것이다.

알베르 카뮈

Albert Camus, 1913. 11. 7. ~ 1960. 1. 4.

알베르 카뮈는 1913년 11월 7일, 알제리의 몬도비에서 뤼시앵 오귀스트 카뮈와 카테린 생테스 사이에서 차남으로 태어났다. 이듬해 독일이 프랑스에 선전포고 하면서 제1차 세계대전이 발발했고, 아버지 뤼시앵 카뮈는 알제리 보병으로 징집당했다가 그해 10월 부상을 입고 이후 사망한다.

이후 카뮈는 어머니와 함께 벨쿠르의 외할머니 집에서 성장했다. 귀가 좋지 않고 말을 더듬었던 어머니는 가정부로 일하며 카뮈를 키웠다. 카뮈는 17세까지 그곳에서 생활했다. 그곳, 리옹가 벨쿠르의 한쪽 끝이 해변가다. 영세한 공장과 항만 시설이 생활 터전인 그곳에서의 생활이 곧, 『이방인』의 배경이 된다.

1930년, 카뮈는 자신의 인생에 결정적인 영향을 끼치게 되는 장 그르니에를 만난다. 평생 교직에 있었던 장 그르니에는 그곳 학교로 오기 전, 『이방인』이 출간된 프랑스 파리 갈리마르 출판사의 편집자로 근무했었다. 이후 카뮈는 그를 평생 동안 정신적 지주로 여겼다. 훗날 그의 유명 저서 『섬』이 재출간될 때 써준 추천사는 지금까지도 여전히 사람들 사이에 회자된다.

1931년, 젊은 카뮈에게 결핵이 발병한다. 그는 당시 교내 축구선수(골키퍼)로 활약했는데 그로 인해 축구를 그만두게 된다. 그는 자신에게 도덕과 인간의 의무에 관해 가르쳐 준 것은 축구였다고 회상했다.

1932년, 카뮈의 글이 처음 공식적으로 세상에 나오게 된 해이다. 장 그르니에가 주도한 작은 월간 문예지 《쉬드》를 통해서였다. 「새로운 베를렌」이 첫 에세이다.

1933년, 미슐레 거리에 있는 형 뤼시앵의 집
으로 이사했고, 그곳에서 「지중해」,
「사랑하는 존재의 상실」 등을 탈고
한 것으로 추정된다.

1934년 6월, 오래전부터 카뮈가 좋아서 쫓아
다니던 아름다운 외모의 여인 시몬
이에와 결혼했다.

1935년, 자신의 유년 시절을 다룬 에세이들
이 포함된 『안과 겉』을 쓰면서 철학
학사 학위를 취득했다. 장 그르니에
의 설득으로 공산당에 가입하여 선

무 공작을 담당했고, 친구들과 '노동극단'을 창단하고 집단극 〈아스투
리아스의 반란〉을 공동으로 집필했다.

1936년, 고등 학위 과정인 철학 디플롬(D.E.S)을 취득했다. 스페인 내전이 시작
된 그해, 시몬 이에와 함께 중부 유럽으로 여행을 떠났다가 그녀의 외
도를 알게 되고 충격을 받는다.

1940년 2월, 모르핀 중독자였던 시몬과 결별하고 12월, 프랑신 포르와 결혼했
다.

1942년 6월, 갈리마르사에서 『이방인』이 출판되었다.

『이방인』이 언제 적부터 구상되었는지 정확히 알 수는 없을 테지만,
1937년 쓰인 그의 일기에는 『이방인』의 주제에 대한 기록이 있다.
"자신을 설명하고 싶지 않은 남자. 그는 홀로 진리를 깨닫고 죽어 간
다."

『이방인』은 장 그르니에에 의해 처음으로 갈리마르사에 전달된다. 장
그르니에는 카뮈와 그의 작품을 출판사 대표 가스통 갈리마르의 고문
인 폴랑에게 추천했다. 폴랑은 편집회의에서 이 원고를 적극 추천했
다. 원고는 점령기 동안 프랑스 출판물을 담당하고 있던 독일 측 수석
고문 게르하르트 헬러에게 보내진다. 헬러는 그날 오후 원고를 받은 즉
시 읽기 시작해서, 새벽 4시에 끝까지 읽을 때까지 원고를 손에서 뗄 수
없었다는 말을 갈리마르로 전해 온다.

1943년, 알제리 해안 마을인 오랑에 도착한 1941년 1월부터 자료 수집을 시작

했던 『페스트』 초고를 완성한다. 카뮈가 이 작품을 얼마나 어렵게 썼는 지에 대해서는 여러 곳에서 확인된다. 카뮈는 그 당시 일기에 이렇게 썼다. "내 평생에 이처럼 실패감을 맛본 적이 없다. 끝낼 수 있을 것인 지조차 확신이 서지 않는다."

당시 카뮈는 '물질적인' 면에서는 곤궁한 작가였다. 『이방인』이 어느 정도 팔리고 〈칼리굴라〉 공연으로 대중들에게 이름이 알려졌지만, 생활을 해결할 수준은 아니었다. 그런 와중에 갈리마르사의 후원을 받으며 그곳의 편집위원으로 일하게 된다.

1945년, 갈리마르사의 '희망' 총서 편집 책임자가 된다.

1946년, 미국을 방문해서 대학생들에게 강연하고 6월 프랑스로 돌아온 카뮈는 마침내 『페스트』를 탈고한다.

1947년, 마침내 "2차 세계대전 이후 최대의 걸작"으로 일컬어지는 『페스트』가 출간되었다. 이 책은 상업적으로도 큰 성공을 거둔다. 출간 한 해 만에 9개 언어로 번역 출간되기도 한다.

이후 카뮈는 결핵이 심해져, 병원으로부터 2개월의 장기요양 진단을 받고 침대에 누워 독서와 집필을 이어간다.

1949년, 희곡 『정의의 사람들』이 무대에 올려진다.

1950년, 장기 공연된 〈정의의 사람들〉은 많은 사람들로부터 갈채를 받는다. 카뮈 자신이 최고의 신문으로 여기던 《맨체스터 가디언》지에 실린 호평이 특히 그를 만족시켰다. "실로 우리는 오랜만에 이 작품으로 인해, 또한 다시금 극장에서 신의 도움 없이도 몇몇 인간의 가슴속에 들어 있던 신의 진정한 음성을 듣게 되었다."

1951년, 카뮈 스스로 최고의 성취로 여기는 철학적 에세이 『반항인L'Homme Révolté』이 출간되었다. 그는 여기서 반란과 혁명의 개념을 깊이 탐구하여 그 기원과 본질, 함의를 탐구한다. 허구를 통한 성찰인 『이방인』, 『역병La Peste』과는 다른, 좀 더

직접적인 철학적 담론을 담았다.

1953년, 카뮈는 자유주의 성향 주간지 《엑스프레스》의 제의를 받고 다시 잡지 발행에 참여한다. 그해 5월에 창간호가 발행된다.

1956년, 『전락』이 갈리마르사에서 출간된다.

1957년. 노벨문학상 수상. 10월 16일, 카뮈는 베르나르가의 한 식당에서 젊은 웨이터로부터 노벨상 수상자로 선정되었다는 소식을 처음으로 전해 듣는다. 그때 그의 첫마디는, "말로가 탔어야 하는데……."였다고 한다. 여기서 말로는 앙드레 말로를 가리킨다. 이후 갈리마르사가 마련해 준 축하 파티 자리에서 기자들이 묻는 질문에도 같은 말을 했다.

"나는 노벨상이 적어도 내 것보다 탁월한 작품에 수여돼야 했다고 생각한다. 만약 내가 투표에 참여했다면 앙드레 말로를 선택했을 것임을 밝혀두고 싶다. 그는 내가 숭배하고 우정을 느끼는 인물로 내 젊은 시절의 우상이었다." 앙드레 말로는 그에 대해 "당신의 답변은 우리 두 사람 모두의 명예."라고 감사를 표했다.

카뮈는 1960년 1월 4일, 그의 출판업자 미셸 갈리마르가 운전하는 자동차를 타고 파리로 올라오다, 욘 지방 몽트르 근처 빌블르뱅에서 교통사고로 사망했다. 고속도로 위에서 한쪽 바퀴가 빠지는 사고였다. 카뮈는 그 자리에서 숨을 거뒀다. 그의 갑작스런 죽음은, 당시 서구 세계에서 가장 절정에 이르러 있던 한 문학가와의 아쉬운 단절을 의미했다.

카뮈는 남프랑스 루르마랭 마을에 묻혔다.

알베르 카뮈 사후 60년이 지나 그가 KGB에 의해 살해되었다고 주장하는 책도 나왔다. 제목은 『카뮈의 죽음Camus's death』이다. 그에 관련한 《가디언The Guardian》지의 기사를 요약해 보면, 프랑스 노벨문학상 수상 작가인 알베르 카

뮈가 46세 나이에 자동차 사고로 사망하고 60년이 지나, 새로운 책은 그가 반소련 발언에 대한 보복으로 KGB에 의해 암살당했다고 주장하고 있다.

이탈리아 작가 지오바니 카텔리Giovanni Catelli는, 2011년에 체코의 유명 시인이자 번역가인 얀 자브라나의 일기 속에서 카뮈의 죽음은 사고가 아니었다고 암시하는 말을 발견해 처음으로 신문에 기고해 발표했다. 카텔리는 그것을 발전시켜『카뮈의 죽음』이라는 제목의 책으로 펴낸 것이다.

카뮈는 1960년 1월 4일, 그의 출판업자 미셸 갈리마르가 자신의 차의 통제력을 잃고 나무와 충돌해 산산이 부서지면서 사망했다. 작가는 즉사했고, 갈리마르도 며칠 후 사망했다. 그에 앞서 3년 전, 『이방인』과 『페스트』로 "우리 시대 인간의 양심 문제를 조명"해 노벨문학상을 수상했다.

"사고는 타이어 펑크나 액셀의 파열이 원인으로 보였다. 전문가들은 길게 뻗어 있는 30피트 넓이의, 곧바른 길 위에서 사고가 발생한 것에 대해 의아해했다. 또한 그 시간에 거의 통행이 없었다."고 허버트 로트만은 1978년 작가의 자서전에 썼다.

카텔리는 자브라나의 일기 속 구절이 이유를 설명한다고 믿고 있다. 그 시인은 1980년 늦여름에 "유력한 관계자"가 자신에게 KGB에게 책임이 있다고 말했다고 쓰고 있었다. "그들은 종국에 차가 고속 주행을 하는 중에 펑크가 나도록 도구를 사용해 타이어를 조작했다."

그 지시는, 1957년 3월에 발행된 프랑스 신문《프랑-티에르》속 카뮈의 기사에 대한 보복으로, 소비에트 연합 내무부 장관인 디미트리 셰필로프에 의해 내려졌다고 시인은 말했다.

"정보요원이 그 지시를 수행하는 데 3년이 걸린 것으로 여겨진다. 그들은 결국 그와 같은 방법으로, 오늘날까지, 모든 사람들이 카뮈는 평범한 차 사고 때문에 죽었다고 생각하게끔 관리했던 것이다."

사람들은 말하겠죠. 그는 너무 젊었다고, 아직은 끝낼 시간이 아니라고. 그러나 문제는 '얼마나 오래' 혹은 '얼마나 많이'가 아니라 '무엇을'입니다. 그의 문이 닫혔을 때, 그는 죽음을 자각하고 증오하면서 생을 헤쳐 나가는 모든 예술가들이 쓰고자 하는 것을 이미 써놓았습니다. '나는 여기 있었다'라고. 그러니, 아마도 그는 그 반짝이던 찰나에 자신이 성공했음을 알았을 겁니다. 다른 무엇을 더 바라겠습니까?

_윌리엄 포크너 | 1949년 노벨문학상 수상